献给故乡的诗行

蒙士金 ◎ 著

团结出版社

图书在版编目（CIP）数据

献给故乡的诗行／蒙土金著. -- 北京：团结出版
社，2023.11
ISBN 978-7-5234-0539-0

Ⅰ．①献… Ⅱ．①蒙… Ⅲ．①诗集-中国-当代
Ⅳ．①I227

中国国家版本馆 CIP 数据核字（2023）第 207151 号

出	版：	团结出版社
		（北京市东城区东皇城根南街 84 号　邮编：100006）
电	话：	（010）65228880　65244790
网	址：	www.tjpress.com
E - mail：		65244790@163.com
出版策划：		力扬文化
经	销：	全国新华书店
印	刷：	四川科德彩色数码科技有限公司
开	本：	145mm×210mm　1/32
印	张：	10
字	数：	218 千字
版	次：	2024 年 1 月第 1 版
印	次：	2024 年 1 月第 1 次印刷
书	号：	ISBN 978-7-5234-0539-0
定	价：	58.00 元

秋拾故红如雨

吴大勤 题

让故乡越来越宽阔

安石榴

每个人的故乡大抵都是狭小的，或者是一个隐秘的村落，或者是一个偏远的小镇，或者是一个不起眼的街区，而在当下快速的城乡蜕变中，越来越多的人正在丢失故乡。毋庸讳言，故乡的命运通常就是走向遗忘或消逝，更多只是在个人的记忆与情感中存在，唯有艺术化的书写或描绘能够让故乡凝固并保持鲜活，使之超越个人和地方、时间与空间而获得宽阔。

当然也可以将故乡的范围定义得更大，但并非一个人走得越远、看得越广，故乡就越遥远和宽广。从现实的角度来说，故乡是模糊又具体的，会随着岁月的流逝越来越浓缩，人们对故乡的深刻记忆，往往都是一些细微的物事，虽然很多时候也会随着一个人的怀念而无限扩散，但终究只有为数不多的落点，比如老屋门口的一棵大树，穿过村落的一条河流，一种消失的物件或远去的习俗……故乡从来就是私人化的，唯有对故乡的不断书写和描绘，能够使故乡尽可能更多地呈现于公众的视野，甚至可能成为艺术化的地方形象，例如沈从文的湘西凤凰，帕慕克的伊斯坦布尔……就写作意义来看，不是故乡承载着人，而是人的内心承载着故乡，在人生的行走中，有不少作家都是将故乡随身携带着的，在很多时刻不由自主地以文字的方式晾晒。

我的乡党蒙土金，正是这样的一个作家，他写散文、写诗，几乎无一例外在写故乡。他的故乡也就是我的故乡，广西藤县，西江上游一个山脉重重和河流纵横的地方。之前，我曾读到过他的散文集《凤凰栖处是故乡》，他在这部作品集里几近写遍了藤县，从各个乡镇、村落到山川、河流，从历史、人文到风物、风俗，其中不少篇章引发了我强烈的共鸣，相信每一个身在藤县或从藤县走出的人也如是，而外界的读者也一定从他的文字中结识了藤县。在出版散文集之后，他的诗集又即将出版，这部新诗集中的作品，依然是书写故乡、书写藤县，可以说，他是一个执着于书写故乡的人，在他眼里和心里，那一片生于斯长于斯的乡土有着无限的题材，越是熟悉越写之不尽，越是深入触碰越是欲罢不能。

我有幸成为他这部诗集正式出版之前的读者，这些诗歌中有现代诗，也有古体诗，无论是新诗还是古诗，绝大部分都是对藤县这一片乡土的吟咏，也有一些写出外游历的诗，而这些游历之诗，思绪也常常引向故乡。诚如上面所言，蒙土金是一位将故乡随身携带的人，他的情感与情怀，无时不刻不在故乡之上跳跃，即便他乡也如故乡，由此在他的笔下，故乡也就更为深邃，更为宽阔。读着他的一首首诗歌，我一次又一次地返回故乡，重温那些熟悉的景物和风情，重闻那些亲切的气息与声音，并一次次地通过诗句进入他的内心。是的，读着他的诗，我觉得自己进一步认识了故乡，进一步感受到了故乡的温润与丰富，另一方面也弥补了这些年来自己对故乡不免产生的疏离。在此意义上，我成了一个率先受到他诗歌抚慰的读者。

献给故乡的诗行

"小镇有一条叫 321 的国道/国道的两旁长满了紫荆花的路树/红的花、粉的花/在小镇的春天里鲜艳夺目/小镇里还有漫山遍野的八角香/将三月果的味道/馥郁芬芳在小镇的上空"在《曾经的小镇，曾经的记忆》这组诗中，蒙土金将思绪拉回青春与成长的小镇，追忆"那段青葱的岁月和诗情的年代"，其中散发的情感与缅怀令人感动沉浸。"321 国道"贯穿整个藤县，连接邻县和邻省，在很大程度上代表了出走与远方，当我读到这一字眼时，内心不禁跳动了一下。还有"八角香"，那应该是一种地方的香气，是与藤县紧密牵引的隐秘与思念。类似这样的对切入情感之物的运用，在他的诗中比比皆是，既是诗眼也是打动力。诗歌是感性的，感性所倚就是触动，就是不经意间的词语或句子袭击。

蒙土金对诗歌题材和写作方式的把握，不能不说是经过充分的考虑，有着巧妙的构思布局，既成系列又成呼应，既是凝聚也是延伸，在"故乡"（也即藤县）这一相对明确的设定之下，他的组诗《美妙神奇的藤县特产》，着眼于同心米粉、太平米饼、古龙八角、和平粉葛等众所周知的特产，深入地方、土地、味蕾和记忆种种；他的组诗《眺望古藤州里的山》，着眼于挂榜岭、小娘山、狮山这些本土名山，穿越古今，将历史、人文、传说、风景等穿插交融；他的组诗《家乡印象》，着眼于河流、水坝、山峰和坡地，一步一步地引向地方风土、变迁，包括童年和往事等；他的组诗《记忆里的圩市》，着眼于他从小熟知的南安、赤水、人和几个圩市，由场景、往昔而引出地方风情、岁月风貌……在系列性、挖掘性的书写之外，他的其他诗歌，分别触及方方面面，称得上是对故乡可以说道的风物事物无一遗漏，包括对人和情感、情谊等的书写，丰富而丰满，朴素而真挚。

总体来说，蒙土金的诗，从题材出发，以内容引开，用情感贯通，自然亲切，朴实简洁，有着自我的风格特色。最重要的一点，是他的诗歌，围绕着故乡而展开，促使故乡大大小小的事物，甚至一些鲜为人知的事物，在他的写作之中跳跃而出，在诗性和诗意中获得了提升。这是一种对地方的赋予性的写作，由此，他的故乡，也即我的故乡，所有藤县人的故乡，不再只属于当地，不再只属于少数人，而由诗歌、阅读和想象显得越来越宽阔，越来越生动。

是为序。

2023 年 5 月，南风台

（安石榴，诗人，中国 70 后诗歌运动主要发起人之一，广州市作家协会副主席。）

故乡启示录

——蒙土金《献给故乡的诗行》

苏文健

近年来，中国城市化进程不断加速，自然村落与伦理村落的衰弱，导致了人们热衷于对故乡或乡土的迷恋与怀想。工业化和城市化，尽管使得物质的故乡焕然一新，但这并不能剥夺心理精神上的故乡，相反更加促使诗人们对故乡甚至故乡精神的历史挖掘、生命沉思与灵魂持守。就此，诗人文化还乡与精神返乡的过程，也成了诗人拒绝遗忘、寻找家园、诗意栖居的重要表征。诗人努力为故乡性此一"社会现实"辩护，着力对地方性、民间性的打捞与重建，表现出一种难得的现代性反思意识。恰如阿格尼斯·赫勒在《现代性理论》中所言："在现代性中有一个共同的指涉物，共有的生活经验以及对这些经验的共同元素的描述与反思——我们通常成为'社会现实'。"不可否认，这个社会现实不断地发生着变化。工业社会潮水般裹挟而来，一批又一批的人很不情愿地离开故乡/故土，出走到城市谋生，他们摆脱泥土的同时，陷入另外一种泥泞。乡土社会的人口结构与情感结构也悄然改变，新颜也不再是我们所熟悉的认知。为此，主动接近她、观察她、诊断她，找到她的律动，并与之共振同频，或许有可能成为一个生发出或培植出真正具有生命力的文学所在。

其实，一旦说出故乡的时候，我们已然身处他乡。人在他乡的现在，处于不在故乡的现场。而故乡的缺席，只能靠想象去抵达，通过想象换取故乡的现身在场。想象故土或者怀想故乡，都是在故乡缺席的状态中进行，在时间与空间的坐标轴上，这种怀想或者想象，要么怀想过去，要么指向未来。对过去的怀想，使得自我将故乡无限地放大与美化，而对未来的虚构或畅想，使得自我将故乡无限地理想化与乌托邦化。在场的就是现实的，而现实往往事与愿违，总是那么的残酷，那么的赤裸裸，没有遮掩地展现在自我的面前。在场的现实，它驱逐距离，放逐审美，破坏想象，阻隔虚构，延异畅想。但正是因为自我的不在场，想象的主体才会去想象虚构，以一种审美的眼光重新打量那过去曾经的在场。人身处他乡，通过不断地咀嚼那曾经的在场，以审美与虚构的方式，重新对故乡的一切人、事、景、物进行编码，以缺席的姿态对故乡进行自我的体认，自我的填补，进而获得精神的安顿。

一直以来，蒙土金对"那邮票般大小的故土"或"社会现实"即故乡藤县给予了热情而持续的关注与书写。"一个作家命定的乡土可能只有一小块，但深耕好它，你会获得文学的广阔天地。无论你走到哪儿，这一小块乡土，就像你名字的徽章，不会被岁月抹去印痕。"（迟子建语）不久前，在蒙土金的散文集《凤凰栖处是故乡》读书分享会上，我曾言述其故乡书写内含真、深和大三个美学特点。我认为这三个美学特点也同样适用于其将出版的诗集《献给故乡的诗行》。事实上，蒙土金就将这两部书视为姐妹篇，它们都书写故乡这一永恒母题。一个是散文，一个是诗歌，两者一虚一实，虚实相生，构成有效的互文，共同编织故乡的生命纹理。蒙土金书写了一个独具的故乡图景，有家族史，有民族史，有风情史，也有自然史，一个有情有义、有爱有恨、有悲有喜、有苦有乐的文学空间。

首先是真。所谓真，指的是情真意真，情感真挚而细腻丰富。蒙土金用饱含深情的笔触书写家乡或家乡记忆，透露出一片赤子之心。从农村故土出走城市的诗人，天然地带着它的体温。故乡的踪迹隐匿在草木虫鱼之间，隐匿在每　处山川河流之中。诗人善于将这些散落的记忆碎片串联起来，经过一番情感的编织，一幅朴素的图景顿时跃然纸上。家乡记忆的踪迹从四面八方游移而来，深深地穿透抒情主体内心的脆弱地带，抖落了被时间尘封已久的尘灰，藏匿起来的得以暴露，一一地朗朗呈现，或者散乱，或者漂移，那都只是故乡人情物理的原始秩序。如《曾经的小镇，曾经的记忆》《道家村，让灵魂在这里安稳》《都坡印象》《怀念母亲》《记忆里的圩市》《家乡印象》《泗洲岛让岁月静好》《蜿蜒的河流及流水的声音》《香水柠檬》《山水象棋》《眺望古藤州里的山》《藤州景物，岁月留香》等等组诗，在彰显蒙土金作为诗人对故乡风土人情深厚而真挚的情感。我作为故乡的在外游子，读到这些诗篇，倍感亲切。故乡对每个人，特别是诗人作家来说，更具根本性，在精神的隐秘处更能把持个人的内在情感，在本质上更能抵达个人心灵深处的骚动。故乡这一片土地，是诗人作家的萌芽之地，也是其一生取之不尽用之不竭的矿藏。故乡的记忆，不管是悲伤的、苦涩的，还是甜美的、纯真的，都会融入血液，深深地扎根在一个人的脑海里。留存的许多印痕，经过岁月的淘洗，在灵魂的深处不断地发酵，慢慢地变成一个人的性格，形成一个人的品性，成为挥之不去的印章。

诚然，人在他乡不断地咀嚼故乡，有甜味，也有苦味。甜味来自对故乡的美好想象，来自对故乡的未来虚构。而苦味则源于自我的现实对自我想象与虚构故乡的压抑。对故乡的想象或者虚构，都是对现在自我境遇的不满与缺陷。因此，在对故乡的想象与虚构中，纠缠着美与丑，在审美与审丑的交互缠绕中，人又开始从想象的过去和虚构的未来这两头走来，向中间的不在场或故乡的缺席中走来，面对现实。如此往还，不断交织，人们逐渐地忘记了自我的现在状态，模糊了与过去、与未来的界限，交融在一起，从中寻求一丝自我压抑的排解。相对于散文的朴实，诗歌则充满美好想象，提供更多可能性。恰如哈罗德·布鲁姆所认为的："诗比其他任何一种想象性的文学更能把它的过去鲜活地带进现在。"

其次是深。所谓深，指的是挖掘历史的深入，往往透出诗人对故乡人情物理的知识考古的历史纵深感。故乡自然的优美，清风无限，一望无垠。在故乡的怀抱中，在思想的游牧中，诗人不停地寻找自我的精神原乡，以此来填平故乡与他乡之距离沟壑，结束流浪，终结在世界中存在的无根状态。对过去失去的想象或者对未来的乌托邦虚构，都只是使自我寻求一种精神的抚慰，慰藉那颗漂泊的心灵。从故乡出走，在现代化社会中，是在所难免的。问题是，人们怎么样找回伴随出走而遗失的故乡？怎么样来消除由于时空距离带来的乡愁与自我身份认同的危机焦虑？我认为蒙土金的相关诗作在此做出了某种的探索。如《有一片天空在宁康》组诗，通过沉思与怀想，追思永远的黄五公，感怀大界的茶仙庙，遐想春权的五指山等，都显示作者站在当下深入历史展望未来的精神旨趣。"风的力量是无穷的/时光的力量是无穷的/风和时光在这里相遇，便有了相岩/我，置身于这个叫相岩的岩洞，分明感到/相岩很大、很大，大得不知是经过了多少的时光变幻/我很渺小，人类同样很渺小/渺小得如同这相岩里，亿万年才形成的一粒细沙/自然的力量真的很大、很大。"(《一条叫相岩的长岩》) 再如《韦氏先人生活的痕迹》："岩洞里的残砖断垣，还在/凿石穿孔的桷子口，还在/仿佛那晨起日落的袅袅炊烟，还在/眼前的一幕一幕，浮现的都是韦氏先人们生活的痕迹。"《石表山》："但石表山的景色很迷人/它迷倒了汉时南征的马援、宋朝的苏轼兄弟和少游先生/当然也迷倒了闻着豆蔻花香的大绅大学士/这里的赤壁长岩狭长而宽阔，是否因苏轼的到来而得名/建窦家司的土著人窦始当年建的府衙又去了哪里/穴居土著人当年居住的洞穴又蕴藏着多少神秘的故事/所有的这些都是石表山里的谜。"而《在藤县，聆听缥缈天边的歌谣》组诗，则通过花灯调、木面筛、八音、木偶戏等具有故乡特色的文化遗产的挖掘和书写，体现作者一份独特的乡愁寄托。如其"题记"所言："藤县有一些非常原始、非常原生态的非物质文化遗产戏剧曲艺，这些小戏小曲就如来自天籁的声音，非常唯美。"《沉睡的莲花梦》对中和窑宋代瓷器的文化回望与历史玩味，昭示一份自豪与惋惜："刻印着工匠姓氏的匣钵/整齐地排列成一堵堵墙/如同一朵朵沉睡的莲花/生长在繁华的深处/当年火热的场景/连同这工匠的名字/深深地烙印在宋朝的历史/见证着/这片浑然鸿蒙的灵明慧光/以及清净洁微的决然大气/随着一代又一代的风起尘落/以遗世独立的芳姿/飘过了元飘过了明飘过了清/在大道至简的中和/任凭岁月漫浸/依然烂漫芬芳。"《有一种乡愁叫周村》《在安化品味茶香》《此地有山叫大梳》也可作如是观。蒙土金的故乡书写在于地方性与民间性的历史挖掘，而这都根植于心灵性的开拓，在此意义上，诗歌的地方性或民间性，恰恰是作者对心灵性的看护与持守。因此，"诗歌是一把犁，它能翻耕时间，使时间的深层、时间的黑土面朝上。"

最后是大。所谓大，指的是大情怀、大视野、大胸襟。当然，这种"大"都建基于前面所谓的"真"与"深"。而这种"大"或许也得益于蒙土金作为诗人作家的细腻敏感和对故乡故土的热忱。同时，与其特殊的身份也密切关联。因为工作的需要，他经常下乡下基层进行实地考察。他因利乘便，就地取材，近距离地感受故乡藤县丰富的风土人情，走遍故乡的每一个角落，丈量故乡，感受故乡，揣摩故乡，努力为故乡描情写史立传。在诗集中的很多诗篇都不难听到这种乡土笛音，清脆、真切。绿色的林海、土地上的庄稼、淳朴的劳动人民，以及陪伴人们的生灵——牛马猪羊、风花雪月、民族风情、神话传说、历史掌故、家族谱系甚至秘史等等，在蒙土金的诗歌作品中都得到了较好的描摹与刻画。

蒙土金的作品着力于地方民族风情等地方性知识的考古挖掘，守正创新，借势包装宣传，讲好故乡故事，重塑故乡形象，以文促旅，以旅彰文，文旅融合，其念兹在兹的中心关怀均落实在故乡的高质量发展。《藤州、藤州》《西江情韵》等诗歌，显露蒙土金对故乡的拳拳之情和自豪之感。前述对花灯调、木面筛、八音、木偶戏等藤县特色的歌谣的抒写，以及《美妙神奇的藤县特产》对同心米粉、太平米饼、古龙八角、和平粉葛、平福油茶、大黎灵芝等的青睐，无不体现蒙土金对故乡地方传统文化保护传承利用的责任与关怀。《莲塘村，那朵洁白的莲花不会凋落》对白马村袁崇焕故居中的莲花井、跑马场的咏怀；《六练山，一场仙人的对话》对藤县大黎六练顶、茶仙、仙人洞、羊场、猴王望月等的怀想；《罗漫山，一座浪漫的山》对天下第一吻、杜鹃映山红、皇帝地坪、罗漫山上的酒等的私语，这些都流露着蒙土金对文化、历史和地方风情的眷恋，一种大情怀、大视野、大胸襟。故乡的一草一木、一山一水、一人一事等等成为蒙土金诗歌作品的血肉之躯，尽管它们有缺点，但那粗重的呼吸、暗哑的咳嗽、深沉的热爱，也都是作品免于贫血的要素。

在他乡建构故乡，他乡故乡相看两不厌。《此心安处是吾乡——感知黄姚》《在青神，联想青衣的模样》《在藤州凝望永州》等几首组诗是很具有代表性的，对故乡真挚的情感、深沉的热爱和辽阔的文化情怀，均了了可见。如《此心安处是吾乡——感知黄姚》组诗中的《王剑冰与时光里的黄姚》写道："黄姚呵黄姚，你真的是心的故乡/你在山水里、你在月光上、你在游子行人的心中/更在王剑冰书写黄姚一笔一画的时光里/时光里的黄姚/是祖祖辈辈黄姚人心安的归处/是游历山水行者心安的归处/是所有到过黄姚的旅行人心安的归处。"诗人写的是黄姚，但内在里却处处都是故乡藤县的模样。同样，在《在青神，联想青衣的模样》组诗中，《苏东坡与古藤州》这一首更具这样的审美特色和文化情怀。

为了追寻东坡先生的足迹
我们从千里之外的古藤州来到了眉山青州
来到了着青衣教民蚕桑的青神
来到了苏东坡年少时读书的中岩书院
去触摸"宁可食无肉，不可居无竹"的涵义
东坡先生对竹的钟爱，想必是与青神的缘分
也是古藤州的缘分，因为少年时代的苏轼
在青神快乐的时光，成就了一段千古爱恋

晚年时期的苏东坡，从京城到杭州沿长江过西江到达藤州

而且不止一次，在藤州的开怀畅饮中感受了这里的人文温暖

这就是东坡先生与藤州的缘分了

古藤州山坡上一丛丛的翠竹，绝对是东坡先生所钟爱的

北流河、思罗河两岸随风摇曳的竹林，绝对是东坡先生所钟爱的

东坡先生从容州乘着竹筏，和邵道士一起沿着思罗河顺流而下

那凤尾森森的绿意

一定会使他想起，想起在岷江边上的思蒙河

想起，从青衣到青神的青青翠竹

眉山的青州、广西的藤州，以及

这岷江与思蒙河、西江与思罗河

就因为东坡先生的缘故，使它们紧密相连

古老的藤州与眉州虽然山长水远

但却是充满着情意的，在这里

东坡先生与苏辙的兄弟相会可以作证

藤州人民永远缅怀的东坡亭可以作证

传唱在藤州大地上声声不息的东坡诗词可以作证

这首诗不管是书写的内容、叙述的事件，还是抒情的视角、情感的触角，从藤州到青州，从青州到藤州，在历史长河中，既溯游而上又顺流而下，思接千载，都很好地表达了作者对故乡藤县的一往情深。《在藤州凝望永州》组诗中的《舜帝与梧州、藤州、永州》也可作如是观。这种诗歌最见蒙土金的写作功力，他将叙事、抒情很好地弥合在一起，悠游适会，在诗与思的对话

中，营构出有温度、有深度和有态度的诗学效果。故此，结合其相关小说作品，特别是散文集《凤凰栖处是故乡》，诗文结合，情理兼容，虚实相互定义，相互生成，抒情与叙事纠缠，历史传统与社会现实交叠，我更愿意将蒙土金的这种写作称之为地方志或民族志写作，俨然一部别样的"藤州传"。

不宁唯是，清新、朴实，甚至幽默、睿智等特色也是这部诗集的魅力所在。或抒发情感、或描摹景物、或记录日常、或反映世态、或叙写历史，都显示作者丰富的想象力和独特的审思视角，语言明快精练，活泼风趣，情真意切，有很高的辨识度。在文体上，除了前述的自由诗外，这部诗集中收有不少的歌词，体现蒙土金独有的特长与喜好；也收有部分古体诗，吟物、咏史、唱和、写人、纪事、游记、时事等等，不一而足，无不流露作者一己之才情与思致。在情感取向上，这部诗集几乎没有表现出以往描写故乡、乡土题材的诗歌所流露出的忧伤情绪或"故乡内伤"，而更多的是给予温暖，显示光亮，呈现美好，提供一份故乡启示录，借此提醒故乡、乡土写作别有洞天。故乡温暖如许，人间值得，这是难能可贵的。

进而言之，故乡人、故乡事、故乡情、故乡物、故乡景、故乡史，在这本集中得到了很好的书写，蒙土金努力为故乡描情写史甚至写史立传。在新历史情境下，故乡藤县本土的作家诗人对生于斯长于斯的故乡藤县进行了如此集束的、大规模的、深入的挖掘、沉思和抒写。作为藤县出走的游子，读到关于故乡这样真挚深情的优美诗篇，令人感奋，也深有所获。如此，纸上还乡也成为我们重新了解故乡、倾听故乡、咀嚼故乡、建构故乡的一次难得的精神之旅。

蒙土金先生对故乡藤县的文学文化发展之助推和引领，有目共睹。新时代语境下，在价值引领、社会风气、队伍建设、平台搭建、标志性成果等方面，故乡藤县的文学文化发展还大有空间，我乐观其成。

拉拉杂杂，话太长了，就此打住。是为序。

2023 年 5 月 26 日于泉州南山庐

（苏文健，青年评论家、文学博士，福建华侨大学副教授、硕士研究生导师。）

乡党蒙土金

吴大勤

吾乡藤县大名鼎鼎，只是我说了三遍你还是不知道藤县是哪个县。诗仙李白路过藤州，向一位绝色美女讨了一碗酒后，留情留诗留春意："紫藤挂云树，花蔓宜阳春。密叶隐商鸟，香风留美人。"苏东坡学士在这里写下"相将乘一叶，夜下苍梧滩"等二十多首诗，才子秦观醉酒咏月把诗魂留在此地，他逝前对着滔滔浔江深情款款道："吾乡吾水！"黄庭坚因藤州而心事浩茫，念叨："闭门觅句陈无已，对客挥毫秦少游。正字不知温饱未，西风吹泪古藤州。"

你对藤县还是茫茫然，那是片本色的厚土。我本藤州人，浪荡古浔江。跟你说说吾乡吾土，说说乡党蒙土金。

长久异乡，有年回家，故人欧伟文组织几个文人相聚，吟诗写字吃狗肉饮米酒。那是一个星光闪烁的夜晚，当然有着朦胧月色。当时初识蒙土金，或者很久之前我们就相识。"天空在月色的衬托下很是明净，月光笼罩下的座座远山，像是黛墨色的睡着的巨龙，懒散地横卧在茫茫的大地上。田野里，畴畴的庄稼茂盛翠绿，可以据此想象农民兄弟们辛勤劳动的场面，这也预示着又将是一个丰收的年景。月光下的原野显得一片宁静，偶尔才听到一些不知名的虫儿躲在农民兄弟的田畴里偷偷地鸣唱几声，如同那天籁之音一般。"这不是张若虚抛起的那轮春江花月，也了无余光中的乡愁，这是蒙土金笔下吾乡之夏月。后来他的中秋"月亮里再也看不出母亲圆圆的脸庞/没有了母亲脸庞的月亮不是那么圆"，再后来蒙土金的月夜"夜正墨/月如钩/风清水静/丹心依旧"，日子染红他心中的月。人生总是悲欢离合，世事如棋，难为他初心如斯。

那夜，我们谈故乡，说吾土诞生的龙母豢养五龙，合成了"山不在高，有仙则名；水不在深，有龙则灵"的双美，聊吾土唐代广西第一位进士李尧臣、五代隐逸诗人陆蟾、北宋明教开宗高僧契嵩、宋代三元及第三朝元老冯京、清代著名诗人苏时学等文化精英。他们让古藤州的天空曾经绚丽，金鸡的土酒永远浓烈。前人点燃我们的内心，我们诵起了苏东坡在吾屋后月夜赠邵道士的诗："江月照我心，江水洗我肝。端如径寸珠，堕此白玉盘。我心本如此，月满江不湍。起舞者谁欤，莫作三人行。"

后来醉意浓，嘴里喃喃："家临九江水，来去九江侧。同是长干人，生小不相识。"作别，梦间依稀我们青春少年时放鹤屠龙。

蒙土金是吾故乡人，藤县是他的革命根据地。从堂堂文学青年到一个精神领袖，上马杀贼，下马学佛。既干好革命工作也笔耕不止，写山写水写尽故乡风物。从黄昏到黑夜，他歌唱一座山川一条河流，他在故乡的山冈上哭泣颂诉。歌唱那片土地的贫穷和富饶，歌唱古老的藤州和奔流不息的浔江，抒情纯朴勤劳的父老乡亲。他笔下，有故乡的愿景，藤州的风流与本色。他写中和的如梦如诗，用舒婷爱橡树的深沉拥抱禤州岛。他痛吟岁月尘封悲壮歌，那是我家乡抗战的故事；他憧憬凤凰栖处的故乡，一个叫凤凰坪的村庄在新时代腾飞舞蹈。饮马古浔江，放歌石表山。后来他出版写家乡的散文集《凤凰栖处是故乡》，让我写书名。又要付梓的诗集《献给故乡的诗行》还让我涂些文字，跨越时空我们素手相挽："拥抱家乡！"既让我们的生命切入故土，又让我们思考如何爱我们的家园，更记录人性的光辉和故乡的情义。诗人的乡思乡情乡愁不是杜甫、贺知章的怀乡，他把个人情怀融入被雨水打湿的村庄，融入勃勃生机的庄稼，把农业的劳作和丰收融入血脉，有着乡村和时代的烙印。他写《和平粉葛》："和平粉葛的葛色天香/是和平大地上一种芬芳的葛色原香/这种原香，带着泥土湿润的气息/飘落在屯江、飘落在古老的五屯城/飘落在荔枝村里那些古香古色的瓦面/一畦又一畦望不到尽头的葛田/一片又一片满眼苍翠的葛叶/不就又是丰收的年景吗"。和平独特的泥土，原色葛香独一无二，我弟年年给我寄来粉葛，我烹宴在中山的藤县人，同享故乡的丰收。他抒笔泗洲岛："泗洲岛，与其说是一座岛/不如说是一条美人鱼，蛰伏/在这一湾风平浪静的浔江/两岸青山如黛，映在/这一湾碧绿的江中"。蒙土金琐碎之笔，或为世人遗忘，我看了，便看见了泥土，故乡丰饶飘香、田野蛙鸣，留给我隐秘与宏阔，忧郁和疼痛。让我拭去泪水，生出一副翅膀，看到高天的辽远。在异乡，唱一首十月故乡的歌、大地的芬芳。

蒙土金少年曾经背着一把油纸伞远游，为异客，他夜夜精神还乡。他早年曾任职他处，终是又重上井冈山回到家乡。回故乡是他的精神主旨，献给故乡的诗是他的心中颂诉。身在家乡，时时怀乡，是诗人生命的一种症状，如十七岁的王维怀乡成病。每次与他饮酒至酣，我唱李叔同长亭外古道边，他必念："遥知兄弟登高处,遍插茱萸少一人。"我知道这一人既非自己也不是兄弟,那是家乡那是父老乡亲,是村口前那四棵橄榄树。回到村庄桃花朵朵:"我回到我家原先种桃的那片山坡上,只见桃林更密了,桃花也开得更欢了。我折下一束桃花,默默地放到我爹的坟头上,我想,我爹闻到了这桃花的芳香,一定会知道现在又是春天了。"家后面那座山,有他的祖坟有他的歌。一个战士,不是死在战场,便是回到故乡。握一把苍凉,蒙土金在云的高处翘望家乡的山茶,惦记那条蜿蜒的河流及流水的声音。"这条蜿蜒东去的河流,接连着两广/在珠江口的黄浦江汇入了大海/它负载了太多西南边隅对南海的深情/当然,也见证了一衣带水的古藤州无限的凝望/广南东路与广南西路的界址有痕,但在古藤州/这条叫作西江又叫作藤江的水流无痕/它日复一日、年复一年地滔滔东去/诉说不尽的是无法割舍的骑楼倒影、酒肆茶馆……"故乡在,灵魂在,家乡给他一片飞翔翩翩的绿野,让他乡情盈润文采飞扬。

有次回去蒙土金带我夜走蒙江,蒙江是江,蒙江也是镇,离我出生那个和平双兴村也就十里地。当时夜空明朗,一条大江波光渺渺,诗歌撞上诗人"天上星汉银河/地上蒙江闪烁/流一江春水万顷绿波……//山水神韵马河/送来龙母东坡/道不尽故园千年传说/那是长空中繁星颗颗"。恰如毛阿敏唱的歌词"我是你的一片绿叶,我的根在你的土地,这是绿叶对根的情意"一样深入内心。

某天蒙土金为寻找一首诗到我工作地中山,其实早些年他曾在这里挂职。席间诗人俣俣要开一支轩尼诗XO,蒙土金拿出藤县米酒:"这家乡土炮温了一路,还是她情醇。"想起吾桂地清朝三元及第状元陈继昌下乡巡视,自带一壶家乡米酒,辅以家乡花生。陈继昌祖父陈宏谋可是一品宰相呀，依然如此怀乡不忘本。道光二十五年官至江苏巡抚，他病思家乡，便辞官回归故里。傑傑说，桂人恋乡，另一种固执！

在我呼儿倒出米酒后，蒙土金似乎有些神情恍惚，他对着夜空，背起苏东坡《如梦令·有寄》："有向东坡传语。人在玉堂深处。别后有谁来，雪压小桥无路。归去。归去。江上一犁春雨。"这凄凄切切勾起我的隐痛，要下雨了，放飞眼泪："此时风雨交加/走在异乡这条麻石老街/想象瑟瑟发抖的故事/捉不住比远方远的风/忘了一路颠沛流离/双兴村口河水忧患/父亲两鬓霜雪/奶奶坟前茶花凋零"。我们是满怀疲惫的飞翔，渴望生命的搁浅，归航。

劝君更尽一杯酒，喝！

在异乡的多次遇见，我总欲君自故乡来，说说故乡事。然后每次我们总要谈谈艺术、谈谈历史、谈谈诗词。广西狼兵天下雄，藤县豪杰下夕烟。吾藤州虽偏，英雄气概，义薄云天。明朝最后的英雄袁崇焕，太平天国后期四王（英王陈玉成、忠王李秀成、侍王李世贤、来王陆顺德）以及抗日名将石化龙、革命骁将李振亚等英雄志士的慷慨悲歌皆来自我的家乡。

我问蒙土金："战时有你?""若无国家，家乡不立，吾当弃笔操枪矣!"

壮哉! 吾兄蒙上金。

是以为序。

（吴大勤，作家、书法家、收藏家，现在广东省中山市第一人民法院工作。）

目 录
contents

第一辑

第二辑

第三辑

第四辑

献 给 故 乡 的 诗 行

第一辑

致敬英烈

有一片山峦

静默无声

有一种缅怀

永无止境

这片山峦

是九百六十万平方公里竖起的脊梁

这种缅怀

是华夏上下五千年薪火相传的灵魂贯通

长风如歌

岁月不息

唯有

不朽的精神传承永在

汇聚成民族浩荡的血脉

永远敬仰

献给故乡的诗行

仰望星空

仰望星空

仰望信仰的力量无穷

嘉兴南湖的红船

划破了茫茫长夜的黑暗

井冈山上八角楼的灯火

照亮了罗霄山脉满坡满地的映山红

二万五千里的征途

共产党人的热血与豪情气贯长空

十四年抗战，十四年血与火的淬炼

无数有名和无名的英烈

腔腔碧血化作满天的彩虹

将革命进行到底

三大战役支前民众的手推车

将蒋家王朝推进了历史的垃圾堆中

仰望星空

仰望初心的光芒如虹

抗美援朝的战火
打出了新生共和国的威风
茫茫戈壁里的埋名隐姓
煅就了共产党人的赤胆精忠
三中全会匡正航向
特色社会主义道路举国认同
坚定"四个自信"，东方大国破浪乘风
同心抗疫赢大考
人民至上始终是不变的初衷
脱贫攻坚尽锐出战
精准扶贫党政军民一心万众
几千年来的绝对贫困消除影迹无踪

仰望星空
共产党人的理想之光灿若彩虹
仰望星空
共产党人的精神血脉缀满苍穹
仰望星空，回望来路
共产党人的初心使命依然如昨
不变初衷、不变初衷

献给故乡的诗行

百岁老人

山村里，有一位百岁老人
百岁老人是一位老妇人
她心宽体健，没有一点忧愁
她还要看家，还要照看未上学的重孙
她每天要吃三顿白米饭
每顿都是满满的一大碗
也喝点新庆的米酒
偶尔吃些新庆鱼生
但她酒量不大，每天只喝一两
如果没有人告诉你
你绝对不相信她是百岁老人

山村里的百岁老人
她没有养生的秘诀
也没有忌口
她没有一天的清闲
以前没有，现在也没有

她生活的模样

以前是怎么样现在还是怎么样

她喜欢房前屋后花果的飘香

她喜欢田畴里随风起伏的稻浪

她喜欢这一辈子的村庄

无论百岁以前

还是百岁以后

献给故乡的诗行

老　井

一口老井
在村子里与人们世代相伴
多少个晨起日落
多少个月明星朗
肩担水桶挑水的人们
在那条通向老井的道路上
飘湿了一个又一个年代
村子有多老
老井就有多老
老井是村子的根
老井是村子的魂

一年又一年过去
世代一直繁杂喧嚣的老井
突然间清静了下来
通往老井的道路

再也听不到急速浅碎的脚步声

时代在变化

生活也在变化

自来水改变了老井世代相袭的用途

自来水也改变了村子一成不变的命运

村子还是那个村子

老井还是那口老井

乡村振兴的春风改变了这个村子

乡村振兴的春风也改变了这口老井

老井还在

但功能已不再

唯有方方正正的井口

和那泓清澈可人的井水

在村子里昭示着

那个渐渐远去的年代

中秋的月亮

小的时候，总是盼望着看
中秋的月亮
因为，这月亮很圆、很温柔
就像母亲的脸庞

青壮年的时候，也非常喜欢看
中秋的月亮
因为，月亮里有嫦娥仙子
牵着千古不老的情愫
情深款款地向人间倾诉

现在，越来越年长了
却越来越怕看
中秋的月亮
因为，月亮里再也看不出母亲圆圆的脸庞
因为，没有了母亲脸庞的月亮不是那么圆

月　夜

夜正墨

月如钩

风清水静

丹心依旧

唯独

不见了杨柳

浸润寂寞的心沟

月圆

时有

月缺

时有

倦也知透

累也知透

只是不知

是谁染红了月

又是谁

腐蚀了我的心头

　　　　献给故乡的诗行

你是我儿时无尽的牵挂

那一年的冬天烂漫如画
山上山下雪花高挂
两个山旮旯里的娃娃
在演绎着一个幸福的家
一个是孩子的爸
一个是孩子的妈
欢乐的憧憬就是一幅烂漫的图画

这一年的冬天烂漫如画
城里城外雪花飘洒
有一种牵挂无法放下
那是当年的我在想你啦
可是你早已长大
我也不是当年的他
只留下了那时那刻美丽的童话

我又想你啦

好想回到从前的山旮旯

再看一看山里的那场雪花

是不是还像从前那样高挂

我又想你啦

好想和你再过一次家家

重拾起那个美丽的童话

那是我心底里对儿时无尽的牵挂

献给故乡的诗行

一棵枫杨树

有一棵枫杨树
长在村子的东头
粗壮而挺拔
一些不知名的鸟儿
常常在枫杨树的枝头上栖息
也做了很多的鸟窝
枫杨树成了鸟儿的天堂
这棵枫杨树是七婆种的
原本并不止一棵
一同种下的有一排那么多
但不知道怎么的
最后就只剩下了这一棵
这棵枫杨树是七婆晚年的老来伴
七婆每天都要到村头来
在枫杨树的树根坐上一回
听一听鸟儿的啁啾
有时候也会和鸟儿说一说话

只是从来没有人听得懂七婆在说些什么

七婆在村头的枫杨树下坐了多少回
七婆和枫杨树上的鸟儿说过多少话
村子里的人们没有留意
他们都习惯了七婆每天坐在村头的枫杨树下
习惯了七婆每天都要和枫杨树上鸟儿说上一阵话
直到有一天
人们没有看到七婆到村头的枫杨树来
一天没有见、二天没有见、三天也没有见
以后的许多天都没有见
原来，七婆已经走了
七婆再也不能到村头的枫杨树来了
奇怪的是
村头这棵独一无二的枫杨树
在七婆走了之后
也慢慢地枯干了

献给故乡的诗行

小　满

小满小满，江河渐满
南方的小满
是带着雾凇水汽的风
是淅淅沥沥的雨滴湿润了田垅
是绿荫幽草胜花时
是物至于此小而得的盈满
人生也是如此
小满未满
满则招损
在未满之中追求圆满
就是永远的圆满

庚子之夜

庚子新年的夜，黑得有点漫长
夜幕中，人影憧憧
不知道你，也不知道我
只听到嘈杂的声响，交错而过
撞击着黑夜，爆发出沉重的痛

夜幕里，人们满眼都是渴望
渴望，那道划破黑夜的亮光
在庚子之夜
为窒息般的黑破晓导航

黑夜里，依然有风吹过
逆风而行，是疾驰而来的白鹤
一行接着一行，一行连着一行
舞动的翅膀，是舞动着的星光
穿透，庚子新年的夜幕
点亮了，黎明前破晓的希望

献给故乡的诗行

等你归来

春天走了，春天会来
花儿谢了，花儿会开
每一次出发
每一次归来
都是我对你满怀的期待

天空辽阔，挂满云彩
你的笑容，烂漫可爱
飞过了山川
飞过了湖海
每一次都盼你平安归来

千里之外，我在等待
默默无语，等你归来
天空辽阔，望穿云彩
我用一生去等
等你归来
等你归来

风雨过后见彩虹

这个时候的武汉

正将罕见的病毒驱赶

阴雨连绵的黑夜

就要迎来那灿烂阳光

东西南北中

一个目标向前冲

党政军民学

铁血丹心战旗红

无畏无惧

白衣天使守护你我感动

众志成城

万众一心防控严密无缝

天佑中华

天佑民族

风雨过后终见彩虹

终见彩虹

献给故乡的诗行

春天里

一丝丝微风

吹绿了

一池平静如镜的水面

几行垂柳

随风摆动

竟勾画出一幅恬淡的图画

两只互相追逐的燕子

掠过水面

悦耳的呢喃声

由远及近

紫藤花开

多少年的光阴守候

竟是为了一段

和你交错的邂逅

我痴痴地等，虔诚地候

只为在这曲水流觞的深秋

和你饮一杯岁月酿成的醇酒

我不知道夜郎国到底还有多远

我只知道你在这里短暂地停留

是因为假道藤州

而此刻，你倚岩而坐，赋诗、饮酒

你是真的累了吗

还是赤峡晴岚的美景

温柔了你迷蒙的双眸

抑或是，山花烂漫的暗香

温暖了你曾经冷冰的胸口

假道藤州

　　　　献给故乡的诗行

孤独苦旅者的短暂停留
而今已过去了一个又一个深秋
我不知道，这痴痴地等、虔诚地候
能不能迎来一次心灵的邂逅
我只知道
那棵叫紫藤的树长在了不老的藤州
那串紫藤的花蔓依然在把香风渗透

中和窑

中和村里的瓷窑叫中和窑

红红的窑火

燃烧在那个叫大宋的朝代

我凝望着中和村里

一个又一个由瓷器碎片和匣钵垒成的山包

无法想象这竟是一千多年前的文物

中和窑沉睡了

一千多年前的文物沉睡了

走在中和村的房前屋后

我的脚步轻轻

我生怕一脚踏下去便会惊醒了沉睡的文物

中和窑的窑火燃烧了一百年

烧出了一船又一船的青白瓷器

从北宋到南宋

从北流河到南洋

把一种瓷器的极致

镌刻在

一个叫中和村的历史里

献给故乡的诗行

天鼎茶园

鹿伏岭上的天鼎茶园
种下的绝不仅仅是一岭又一岭的六堡茶
更是一份又一份对乡村振兴的不息追求
六堡茶种在了大辣冲里、种在了凤凰岭上
也种在了大益村、石村人的心坎上
一片小小的六堡茶叶子
飘香在了鹿伏岭的山岭上
就成了大益村、石村乡村振兴的支柱产业
天鼎茶业选择了鹿伏岭
六堡茶便成了鹿伏岭上一种全新的业态
鹿伏岭种植了一岭又一岭的六堡茶
六堡茶的芬芳便成就了天鼎茶业
鹿伏岭和天鼎茶业
就这样，天作之合
在这一片翠绿的群山当中
在六堡茶技艺的制作当中

诠释了
一个大山深处的农业企业
在乡村振兴路上的现实意义

献给故乡的诗行

窦家司墓

道家村里的窦家司
飘落在北流河和思罗河的风里
也深深地埋藏在道家的古村里
作为一名迟来的访客
我来到这个叫道家的村落寻访
寻访那一段历史的传奇
在一遍又一遍无限的凝望中
窦家司像风一样远去
了无踪迹
我又来到了鹿伏岭的大山深处
继续寻访窦家司的痕迹
走过了扶娘塘、走过了扎口塘
走过了扶娘飞瀑、走过了大碑岗与和香冲
终于在鹿伏岭的大山深处找到了窦家司的印记
这种印记深藏在鹿伏岭的黄蕃山里
一座叫窦家司墓的古墓
在鹿伏岭的黄蕃山中记录了窦家司的过往

使隐藏在历史里的司衙往事在鹿伏岭里重光再现

鹿伏岭上的窦家司墓，山环水抱的思罗河

就是道家村里窦家司的一道历史遗痕

它从那个叫大唐的历史走来

它将窦始和窦家司的故事

呈现在今天人们的视野之中

声名远播

触手可及

献给故乡的诗行

隐秘的文字

有一段隐秘的文字

刻录在鹿伏岭的深山之中

在鹿伏岭一处叫作扶娘塘的深山里

一座状如金蟾般的岩石拔地而起

在巍峨的岩石上

分别刻于两处不同的文字若隐若现

而刻在另一处大大的棋盘则清晰可见

在大山的深处当中

在这人迹罕至的地方

这些刻在石头的符号就像神秘的鹿伏岭一样神秘

这些神奇的字符里记录了什么

又隐藏了什么不为人知的秘密

以前没有人知道

现在也没有人知道

甚至没有人知道是谁第一个走到了这神秘的山中

第一个发现了这些隐秘的符号

人们只知道鹿伏岭有一处山脉叫扶娘塘

扶娘塘里有一块与生俱来的大石头

大石头上刻着谁也看不懂的字符

这些字符是否就是窦家寨原始穴居先民们留下的
遗物

或者是传说中鹿伏岭的扶娘塘里仙人们留下的痕迹

这是鹿伏岭里的奥秘

也是扶娘塘的奥秘

如何能将这些奥秘大白于天下

是你的期待

也是我的期待

献给故乡的诗行

有一条流淌的河流叫蒙江

有一条河流沿着一座小镇日夜地流淌
有一座小镇在一条河流的旁边安静地成长
这条河流叫作蒙江
这座小镇叫作濛江
不知道是先有了蒙江才有濛江
或者是先有了濛江再有蒙江
但蒙江和濛江
就神奇地双双栖息在这里

当年的龙母温媪
迎着蒙江温柔的晨风，牵着马河两岸的水草走进了
濛江
于是，瑰丽的龙母山便耀目在了濛江的日月星辰里
当年的大学士苏东坡
与藤州的太守相伴，溯藤江过蒙江来到濛江
便将吟唱这一方山水的诗篇长留在濛江人民的心
坎里

蒙江和濛江
是天地间的一段因缘际合
濛江和蒙江
是烟火里的一片斑斓色彩
蒙江，一条婉约俏丽的河流
你从历史里蜿蜒而来
流淌不止，永远向着更远的远方
濛江，一座充盈梦想的水岸新城
你在现实中活灵活现
生生不息，时时跳动着时代的脉搏

这，就是蒙江
这，就是濛江
蒙江和濛江
是天设的一对
濛江和蒙江
是地造的一双
这是一个美丽神奇的地方
这个地方
她叫蒙江，也叫濛江

献给故乡的诗行

和香冲

和香冲是大碑岗的
大碑岗是鹿伏岭的
我不知道
如果没有大碑岗是否会有和香冲
但如果没有鹿伏岭肯定就不会有大碑岗
在和香冲里
一种人与自然和谐共融的感受油然而生
和香冲的风是清的、水是蓝的、空气是湿润的
那些木本植物是藤缠着树、树也缠着藤的
在和香冲里
所有一切的一切都是原生态的
和香冲可以尽情地洗涤在尘世中喧嚣了许久的肺腑
也可以触摸潺潺流水从脚趾丫滑过那一瞬的舒适与
惬意
和香冲可以在攀附那些形状各异的怪石、岩壁中惊
悚一身冷汗
也可以在挂起的一张藤床上安静地睡上一觉而了无

牵挂

　　大碑岗里的和香冲就是这样的神奇
　　它的魅力隐藏在鹿伏岭的深山腹地
　　至今少为人知
　　鹿伏岭里的和香冲
　　是静谧大山深处的一种宁静
　　是人间难得的一方净土
　　是心灵安稳的一处栖息地
　　是一个去了还想再去的地方

　　　　献给故乡的诗行

陆贝山上的风

陆贝山曾经是三伯爷的羊场
陆贝山的羊场不但有羊爱吃的草
而且陆贝山上经常会有大风狂风
这风，从陆贝山上的山脊吹来
一直吹了几千年
三伯爷特别怕陆贝山上的风
那一年大风夹着大雨
三伯爷的羊群从陆贝山顶上走过
不但吓坏了三伯爷
也吓坏了陆贝山下所有的人
陆贝山上的风真的让人害怕
但让人害怕的风也有怕人的时候
当陆贝山的风遇到劲风风电场
当陆贝山山顶上一架又一架的大风车转动
陆贝山上的风就非常、非常的听话了
大风车随着劲风的威力转动
陆贝山上的风便成了风力发电的源泉

这种场景放了一辈子羊的三伯爷没有见过
陆贝山下所有的人没有见过
祖祖辈辈也从来没有人见过
但这种奇特的现象就在陆贝山上发生了
陆贝山依然是陆贝山
陆贝山上的大风依然年年在吹
风力发电场让陆贝山的风也变得可爱
陆贝山上
风一直在吹
只是三伯爷已不再放羊

献给故乡的诗行

走过平福

在平福的日子里
走过平福的山走过平福的水
平福的山山水水
就像平福的名字一样平和、幸福
在桃花山上
我们见到了那朵不曾凋落的桃花
那是桃花山人心中的梦想
也是平福人心中的梦想
这种梦想，升腾在桃花山上
就像永远照耀在桃花山上的太阳一样热烈
桃花山上的桃花，
不但过去在，现在在，将来也一定会在
在平福的日子里
风也含情水也含笑
风吹过了平福的岁月，也吹拂着
平福人一张张仰望苍穹的笑脸
那一架又一架的大风车

在平福高耸入云的山顶上转动
每一圆圈都是画圆了的幸福生活
陆贝山上的风因为有了风力发电
成了电力的风、幸福的风
在平福的日子里畅想幸福
不仅有桃花山、陆贝山绿水青山的情愫
还有平福的油茶、平福的黄笋
以及蕴藏在平福大地上的绿意
在平福的日子里，有一种怀想永远不变
这种怀想
是一种湿润的空气
是一段无法释怀的思念
是一方山水天地一色的梦境
是每每心念可及的转瞬之间

献给故乡的诗行

走过桃花山

走过桃花山，去寻觅
山上的那朵桃花
当昔日的喧嚣散尽
一段繁华褪去
桃花山上的桃花你可还在
山无言，水无言
桃花山上守山的老矿工也无言
只有山风依旧，吹遍每一处山峦
桃花山上的桃花啊
你是否还隐藏在某一处的山脉
因为，在这一遍又一遍的山风中
有一丝丝淡淡的清香隐约吹来
这分明是一种鲜明的桃花芳香

再次走过桃花山
我看见了一种独特的桃花，这种桃花
是山峦上一片又一片的玻璃板和阳光的结合

从而结出的一种叫光伏发电的新能源之花
这种花朵，盛开在桃花山上
以独有的色泽和馨香
使沉寂了许久的桃花山不再沉寂
桃花夭夭、灼灼其华
在桃花山寻觅桃花，我看到
不离不弃的矿工子弟依然生活在山里
门前那株仙人掌，经过岁月的漫浸
生命倔强而蓬勃
光伏发电的新员工穿梭在桃花山上
让光伏发电的清洁能源
成了桃花山上一种朝气蓬勃的业态
这是一种生命的意象
这种意象
就是桃花山上那朵永远也不会老去的桃花
生于那年
长在这月

献给故乡的诗行

文徵明与紫藤

一棵粗壮遒劲的紫藤

在水乡的江南园林里生长

不知不觉已经过去了几百年

园林的主人王献臣无法预料到几百年后的事

当年亲手种下这一棵紫藤的文徵明也无法预料到几百年后的事

想不到这座叫拙政园的园林会成为江南的一景

想不到这缨子回垂、紫英缤纷的紫藤会成为苏州的文藤

吸引了无数的访客汇聚，一睹你的容颜

我从一千七百公里之外的藤州来到这里

我从岭南之地一处紫藤花繁的藤县来到这里

是为了闻一闻这棵紫藤花开的芳香

是为了回望几百年前江南才子的那份儒雅

因为，有了紫藤的牵引

有了文徵明心中的那份情愫

这紫藤树呀

无论是在江南还是岭南
无论是在苏州还是藤州
都是一种历史的芬芳

献给故乡的诗行

有一个女孩
——致敬第一书记黄文秀

有一个女孩，
她的微笑，
灿若云彩。
有一个女孩，
她的执着，
初心不改。

有一个女孩，
她轻轻地走了，
没带走一丝云彩。
有一个女孩，
她短暂的青春，
写满了暖暖的爱。

文静秀丽的女孩，
她的脚步，

走遍百坭的山山寨寨，
文静秀丽的女孩，
她的身影，
依旧在百姓心中装载。

　　　　　　献给故乡的诗行

文成公主

——和张贵雄先生诗

古道流芳

弥漫了漠漠黄沙

当年

唐室的纤纤女儿

走上和亲之路

从此

汉藏一家

融入民族的血脉

而这尊塑像

足以使我们

崇敬千年

苏州的忠王府

当年李秀成率领的太平军来到了这里
清军便慌乱地退出了苏州
太平军要在这里修建一座太平天国的王府
这座王府就是忠王府
但忠王府还没有完全建好
李鸿章的清军又逼近了苏州城下
李秀成和太平军退城而去
忠王府便成了李鸿章巡抚的行辕
世事沧桑、岁月轮回
巡抚的行辕又变成了八旗的奉直会馆
直至现在
成了苏州的博物馆

太平天国当年的风烟早已远去
陈玉成、李秀成、曾国藩、李鸿章等历史人物也随
着遁去
但这座建筑还在

献给故乡的诗行

走马楼还在，龙凤窗格还在，苏州彩绘还在

在这个上有天堂、下有苏杭的地方

在这个苏湖熟、天下足的地方

忠王府存在的意义

绝对不仅仅是李秀成的王府

而是一段跌宕起伏的历史，以及

蕴藏在历史里人民群众的勤劳和智慧

遇见平江路

一个不经意的夜晚

一次不经意的行走

不经意之中一段不经意的遇见

这里小桥流水，这里粉墙黛瓦

这里灯笼飘挂，这里人声喧哗

这里河街相伴，这里水陆并行

这里人影绰绰，这里吴侬软语

在这里，你可以听一曲评弹，闭上双眼

静静地聆听在心灵深处的天籁之声

在这里，你可以随意闪入一间店铺

恣意接受江南水乡特有美食的诱惑

在这里，你可以走一走老宅

听一听大儒王敬臣的故事、听一听洪钧与赛金花的

传奇

在这里，你可以寻一寻古井

感悟感悟八百年前的南宋十泉里的气定神闲

遇见平江路

遇见的是苏州文化空间里的一缕魂魄

遇见平江路

遇见的是苏州文人情趣的一种清雅高远

遇见平江路

遇见的是苏州昔日大隐于市无法释怀的人文气韵

遇见平江路

遇见的是苏州今天人间烟火里生生不息的绵长精神

石头城

一座一千多年前的古城

在塔什库尔干的石岩上

由塔吉克族的先民们垒起

塔什库尔干河在这里蜿蜒而过

喀什、英吉沙、叶城、莎车通往帕米尔的山路

也在这里交集

南来北往的商队

在这个古丝绸之路的城堡里憩息

将清脆而又悠远的驼铃声在历史里摇响

公元 644 年

一位东土大唐的高僧玄奘来到这里

也在这个叫石头城的盘陀国都城里憩息

将东土大唐的文明传播在这个西域的古国里

如今

时光轮替

世事沧桑

当年的石头城已湮没在了历史的尘烟

献给故乡的诗行

唯有城址还在，寺院还在，哨所和炮台的辕角还在

在或断或续的城垣，在重重叠叠的石丘中

静静地诉说着这里

1300 年前的繁荣和昌盛

有一座古城叫喀什

有一个遥远的地方叫作西域
天高路远，漠漠的黄沙湮没了你昔日的容颜
当年的张骞来过这里、班超来过这里、陈诚来过
这里
我在二千多年后的今天也来到这里，来到这座叫喀
什的古城
沿着的并不是张骞、班超、陈诚他们走过的足迹
作为一名来自中原内地的访客，我在这里
眺望《汉书·西域传》和《使西域记》里的那段
往事
看见了张骞、看见了班超、看见了陈诚一路前行的
坚毅身影
我来到喀什，来到西域路上的这座古城
不为别的
只为喀什是西域路上一个普通的圆点
只为这一段厚重的历史需要我们去铭记
人的一生注定有无数次的旅行

献给故乡的诗行

但不管天有多高路有多远
总要来一次喀什，总要看一看古城
总要在新疆这个太阳落山最晚的地方
真心地许上一个愿
为你们，也为我们
为过去，也为将来

献 给 故 乡 的 诗 行

第二辑

清明，和先人的对话

曾祖父

在这处叫八仙台的山峦

您静静地安卧了一年又一年

清明的露珠沾湿了您坟茔上的青草

雾气正岚，罡风逶迤

您在于无声处的另一个僻静世界

是否也可以静听到一个多世纪后浩荡的春风

您的容貌我未曾看见

但您的魂魄早已融入了我的血脉

又是一年清明日

作为您的子孙

我在您的坟前祭奠

我只想告诉您

在这绿水青山当中

当年的孤寂

已随着天上的流云远去

在您的墓前
是您未曾知晓的西江机场，以及
这个一日千里的崭新时代

祖 父

我叫不出这片山岗的名字
但这是一个我非常熟悉的地方
在我很小的时候就到过这个地方
那是因为一个叫作清明的节气
在清明这一天
都要给祖先们上坟
在天空辽阔、百鸟齐鸣中，寻觅
万丈红尘中心灵的一点澄碧
我们纪念新生
但我们绝对不会忘记凋零
不会忘记，在这寂静的山中
沉睡了一年又一年的先人
因为有了您
才有了我的父亲、才有了我
同样因为有了您，我才能够
在人生履历表格的籍贯中填上那一行字
您带着泥土的气息与生俱来
最终又回归到养育了人类、孕育着万物的土地
或许这就是生命本真的意义
这一片山岗

我注定还要来
我要在清明的日子里
烧上一沓纸钱
让您知道，你的未来
注定很远、很远

父 亲

父亲的音容笑貌既清晰又模糊
关于父亲，有太多太多的记忆
这些记忆在脑海里怎么抹也抹不去
父亲，这个带给了我生命的人
在我刚刚十五岁正在读高中那一年
就永远地走了，那个时候
我正在外乡的一所高中里读书
说实在话，刚十五岁的我对于生与死
远远还未有切肤的领悟
那种感觉就像每个晚上父亲在家里睡觉了一般
但这一次睡着了的父亲再也没有起来
屋檐下的台阶再也没有了父亲蹲着洗脸的背影
我也在三天后回到了那所外乡的高中
日复一日地走完高中二年的日子
对父亲的印象既清晰又模糊
清晰的是幼时依偎在父亲怀里的样子
以及父亲和一些亲朋戚友闲聊时流露出淡淡的忧
愁，还有

清早起来洗脸时吟诵《成语考》《大学》《中庸》的
声音
　　模糊的是对父亲的一生确实没有多少了解
　　您去过什么地方、做过什么事情，甚至
　　没有读过书为什么却能背出那些《成语考》的篇文
　　这些我真的是一概都不知道
　　唯一能够心念感悟到的
　　是父亲一生都希望我能勤奋读书、诚实做人
　　每每在父亲的坟前，我不敢有丝毫的大意
　　但我的这一生，都会按着父亲的这份念想去做
　　无论过去，无论以后

母　亲

　　一直想写一写母亲，但始终动不了笔
　　键盘还没有敲响
　　眼泪已溢湿了眼眶，母亲
　　这位生我、养我走过 97 个春秋的老人
　　我该用怎样的笔墨去描述呢
　　97 个春秋，永远定格在 2021 年的 4 月 21 日
　　从此，时间在这一天凝固
　　人间少了一位慈祥的老人
　　遥远的天国，住上了我永远的母亲
　　又到清明日，站在母亲的坟前
　　我能够忆起的
　　大多是您前半生的辛苦、劳碌

和对待子女一丝不苟的严厉

您从来没有读过书，哪怕是一天的夜校也没有上过

但您的语言却极其丰富多彩

形容某一件事的词汇，尽管我只听过一次也从不会忘记

在我的印象中您从未对我提出过什么要求

我也不知道您对我有过什么期冀

但您一生的奔波、劳碌和对生活的淡然、满足

在无形中铸造了我为人处世的品性

到了晚年，您喜欢和人说话

您会一而再、再而三地说起过去的很多往事

娘家的、本村的，以前的姐妹们的

甚至是左邻右舍各家各户的儿女、孙子的出生年月

您也居然能够倒背如流

您喜欢天天都有人来，您喜欢天天都有人和您说话

您特别喜欢过年过节

因为过年过节了您的儿孙们就会回来

您就可以见到他们了，其实

辛苦、劳碌了一生的母亲非常害怕安静

晚年的母亲也非常害怕孤独

而居住在外地的我们却无法改变这种孤独

这无疑是我们永远无法释怀的痛

唯一可以让我们感到慰藉的是

母亲带给了我们生命

在母亲 97 岁高龄走向极乐的那一刻

我们都肃立在您的床前

怀念母亲

一条叫大同河的河流

一条叫大同河的河流
在母亲的口中曾多次讲述
这是母亲老家村中的一条河流
是一条在母亲心中挥之不去的河流
尽管，它也曾经波涛汹涌，淹没两岸
但它更多的时候是流水欢歌
是早起人们的洗衣、洗菜
是有心及无心的张家长李家短
是全村人晨起日落时的快乐
我一次又一次地听母亲讲起大同河
这是一位耄耋老人对家乡无法磨灭的记忆
以至于母亲在村中房子从大同河的对岸搬了过来
从此便极少了从大同河走过
但母亲仍然对大同河无法割舍

特别是到了母亲越来越年长的时候
每次讲起大同河来也总是眉飞色舞
让我们听得如痴如醉
我曾无数次地想象着大同河秀美的模样
以至于我亲自到了大同河边
现场去触摸这条令母亲魂牵梦绕的河流
却很难找到与母亲口中讲述重合的影子
凝视着这条叫大同的河流
我揣摩着它在一个耄耋老人心中的位置
这是一个时代的记忆
是家乡在一位老人心中最原始的底色，以及
这位老人对家乡最深沉的记挂

一棵长在悬崖上的小树

在母亲的口中经常出现的
还有一处山边的悬崖，以及
长在这悬崖上的一棵小树
那时母亲年纪还很小、很小
身子矮小瘦弱的母亲给家里看牛
在赶牛经过这个悬崖的时候
正好有一阵急速的大风疾过
瘦小的母亲一个趔趄
连同那个斗笠跌落了悬崖中
幸好在那悬崖上长着一棵小树
跌落悬崖的母亲正好卡在了小树上

献给故乡的诗行

当人们循着那头牛的脚迹来到悬崖上

母亲被救了起来

多灾多难是母亲童年生活的底色

要是当时没有了那棵长在悬崖上的小树

很难想象我如何能有机会来到这个充满生机的人间

这是一棵生命之树

虽然没有文化的母亲不懂得诗意的表达

但我们从她老人家在晚年中常常提起这棵小树

和从她眼中散发出来的慈祥的光芒

分明可以感受到母亲心里那份无言的感激

甚至于我曾经有过无名的冲动

要去寻一寻这个当年的悬崖

看一看这棵长在悬崖边上的小树

但都由于母亲表述的过于抽象而无法找到

但我知道了有这么一处悬崖

有这么一棵小树长在母亲童年的生命里

这也是一种对家乡的记忆

是一种生活的磨炼

长在母亲的心里

也长在我的心里

一条长长的竹扁担

在我的童年记忆中

有一道非常深刻的印记

那是母亲从白石河边的竹林中砍了一条毛竹

然后叫了一个专门做修扁担的师傅
用了足足一个下午的时间
去修成了二条长长的竹扁担
这两条竹扁担光滑、黄靓
母亲早上每天都要到村头的水井挑水
用的就是这竹扁担
在生产队里劳作、干活
用的也是这竹扁担
可惜的是，其中有一条不久便断了
断了自然就不能用了
但另外的一条却很坚硬
这条竹扁担伴随了母亲忙碌奔波的一生
甚至于，可以说是形影不离
那时候生产队里的劳动是工分制的
交公购粮时也是靠大家用肩挑的
我小时候就经常会跟着母亲去送生产队的公购粮
常常会听到粮所称稻谷的那人把秤砣一拨
然后高声说"九十八斤，这个绝对是一级工分的啦"
我虽然听不懂那高声叫唤的意义
但我却隐约感觉到这是一句赞扬的话
母亲的一生就是这样的勤奋
她一头挑起了生活的艰辛
一头挑起家庭的四季
如今
这条长长的竹扁担逐渐失去了它原有的功能
但它仍然珍藏在我们的家里

献给故乡的诗行

珍藏在我们的心里
温暖而珍贵

这一刻，我们回首凝望

　　这一刻，我们回首凝望。曾经的过往，惊心动魄；曾经的感动，无泪凝噎。2022 年，让我们记住这一年，让我们记住这一刻。

——题记

一

2022 年 2 月 16~17 日
205 名白衣执甲的抗疫战士
从百色凯旋
藤县的动车站是花的海洋
是一张又一张喜悦的笑脸
当疫情扑面而来
一声令下
你们义无反顾地踏上抗疫的征程
你既是父母的孩子
你又是孩子的父母
上有老下有小

你也有着不可言说的困难

但面对抗疫的大考

你义无反顾、你也义无反顾

一抬腿便踏上了抗疫的征程

如今，抗疫胜利了

你回来了，你回来了，你们都回来了

这一刻

让我们为你们欢呼、为你们喝彩

欢迎抗疫的英雄

安全归来、胜利归来

二

3 月 21 日，是一个沉痛的日子

东航 MU5735 航空器的飞行原点

永远定格在了藤县莫埌村深山的上空

也让莫埌这个名不见经传的小山村

成了全世界各大媒体的热搜

藤县的社会节奏瞬间停摆

所有的力量都汇聚到莫埌

全国所有的力量都汇聚到莫埌

开展了一场分秒必争的生死搜救

淳朴的村民自发组织了摩托车车队

一辆又一辆的摩托车载着搜救的人员驶向深山

一车又一车的搜救物资运送向深山

一个又一个无眠的日夜

相识的人们和不相识的人们都在默默祈祷

希望能为搜救尽自己的一份心力

希望搜救中的奇迹能够发生

希望你能出现在我们一天天的等待

但千里之外的等待

终于再也无法等到你的归来

这一刻，

全中国都努力了、所有的人都努力了

但我们的努力非常遗憾没能等来奇迹

唯有将所有的伤痛

都铭记在这一刻

铭记在这一片山林的日日夜夜

三

西江干流百年不遇的特大洪水

在这一年的 6 月不期而至

连续的降雨使这座叫作藤县的临江县城

骤然地紧张了起来

北流河告急、蒙江河告急、西江告急

禤洲告急、泗礼洲告急、西江上的洲岛都告急

要知道藤县建起防洪堤之后从没有过这么大洪水

习惯了多年没遇洪水的藤县人也麻木了

他们还在猜想着这洪水会不会真的来

思忖着这洪水有没有这么大

就是洪水来了，水涨一寸人往高处走一寸

这可是祖祖辈辈上百年来防洪水的经验呀

洲岛上的人们都见惯了洪水

不紧不慢成了他们的习惯

但是水火无情真的如猛兽呀

县里组成了工作队，镇里组成了小分队

一个个村去动员，一户户人家去动员

一夜之间撤离了西江上襦洲岛的 3000 多群众

一日之间转移了泗礼洲上的 2000 多村民

群众都撤离了

一日一夜的时间

惊心动魄的生死大撤离

这是人民至上的最好诠释

这是生命至上的最好诠释

这一刻，我们回首凝望

无限欣慰

四

一个叫李卓城的 3 岁小男孩

在 8 月 9 日的上午消失在了人们的视线

并迅速地牵动了藤县所有人的神经

寻找到李卓城

成了李卓城家里人的任务、亲朋戚友的任务

村里人的任务、镇里的任务、县里党委和政府的
任务

以及参加搜寻的所有公安民警的任务

所有的路口都排查、所有的路口都设了哨卡

所有的监控都反复筛查、所有的山沟溪流都反复筛查

一公里、二公里、三公里环村庄的山林都搜遍

但就是没有见到小卓城的身影

时间一分一秒地过去、昼夜轮回一天又一天过去

搜寻的人们声声呼唤、望眼欲穿

但始终没有见到小卓城那个熟悉的身影

但卓城的家人始终没有放弃、卓城的村里人始终没有放弃

镇村的干部始终没有放弃、公安民警始终没有放弃

党委和政府始终没有放弃、所有的人都始终没有放弃

一天又一天的搜寻、一夜又一夜的搜寻

整整的三天三夜过去

8 月 12 日的中午、在三公里外的深山山沟

人们终于搜听到了小卓城微弱的声息

奇迹在这一刻出现

小卓城安然无恙回到了亲人的怀抱

三天三夜不间断的搜救

人民至上、生命至上永不放弃的誓言

在这一刻

都被塘村村民们喧天的鞭炮声

渲染得惊天动地、淋漓尽致

在这一刻

我们都激动得无语凝噎、欢天喜地

家乡印象

白石河

白石河是家乡的母亲河
在我年幼的心里，白石河是清澈见底的
因为那一年的秋天，我与同村的火文
窜到村边的白石河里去游泳
曾清楚地看到过河底紧靠河岸的鱼虾，以及那些
倒映在水里不知名的野花和墨绿的水壳木叶
在我年少的印象中，白石河里桨声欸乃
船儿在河里忙碌地穿梭
运到公社去的是公购粮，运回村里的是供销部的
物品
白石河里有我快乐的童年记忆
那是一段山青水绿、河水充盈的日子
在清贫之中分享着安稳与快乐
当然，常常挨竹枝抽打也是童年不可缺少的记忆

这是到白石河玩水后必然的惩罚

正是有了这条白石河，有了一次又一次的惩罚

才练就了我中流击水的本领和健康的体魄

后来，我也是沿着白石河溯河而上

到一所学校去念的高中

在那里奠定了我的文字功底，所以说

白石河是一条贯穿于我生命血脉中的河流

它流淌的底色

是我生命中永远抹之不去的记忆

防洪坝

防洪坝就在白石河汇入浔江的河口

它守护的

是白石河一河两岸村村寨寨的安稳与快乐

年少的印象中，白石河每年是要发洪水的

甚至，有时候一年还要有好几次的洪水

那是村里的大人们最恐惧和忙碌的时候

既要抢收村里集体的稻谷，这是全村人的命根子

又要顾及家里老人孩子的安危

记得白石河的防洪坝刚开始时是泥坝

有一年发了一场从未见过的大洪水

一寸一寸涨起来的洪水就要淹没了大坝

这可不得了呀，如果洪水淹没大坝

不但大坝会顷刻坍塌，坝里村村寨寨的人们更要

遭殃

全公社的青壮年连续三天三夜加筑大坝
防洪坝守住了，从此
公社的书记发誓要将防洪坝改成水泥大坝
以后，洪水依然会来
抗洪抢险依然是防洪坝和家乡人民生活的原色
再后来
浔江的下游建起了一座叫长洲水利枢纽的大坝
现代水利的功能得到了充分的发挥
原来桀骜不驯的浔江与白石河也温顺了许多
以前经常淹到村子的洪水已多年不遇
防洪坝的功能也逐渐转换成了泵站
曾经的防洪坝逐渐退出了家乡人的视野
但这座庇护了家乡村子和人畜安危的大坝
永远存留在家乡的记忆
不能忘怀

良义界

良义界其实就是家乡村子里的屋背山
是一座浑圆挺拔的高山
良义界原来并没有名字
祖祖辈辈的人只是简单的叫它屋背山
那一年，在村里教私塾的远昌老祖公
说为了村子的庆旺，儿孙的繁荣
必须要有一个引导意义的名字以警示后人
于是，良义界作为仁义礼智信的含意

便成了屋背山的名字

在村子里叫了起来

说来也奇怪，这条一千多人的村子

虽没有统一规划，但所有的房子都背靠着良义界

村里的人们也信奉着当年定下来的信念

男耕女织、诚实守信、勤勉好学

在一年又一年与世无争的清静之中

过着怡然自乐的生活

直到有一天，梧州的机场要搬迁了

一拨又一拨机场选址的人们来到了良义界

寂静而又与世无争的良义界终于热闹了起来

成了搬迁机场的三个比较选址之一

随着一拨又一拨人来人往

良义界最终又复归了宁静，机场选址定了

定在了一个站在良义界上用肉眼能看得到的地方

屋背山还是屋背山，良义界还是良义界

在家乡的村子里

在乡亲们的视线中

永远慈祥

巴利坡

巴利坡的模样，我也不好描述

按理说巴利坡应该是一块坡地

但它映入我们眼帘的，却分明是一片田畴

据村里的老人们说

巴利坡原来是一个叫巴利王的人居住的地方
巴利王姓甚名谁，没有人说得清楚
巴利王是哪朝哪代的人，同样没有人说得清楚
人们只知道，有一个叫巴利王的人来到这里
开垦了这一片土地，开辟了这一个叫神田的村子
我曾经很细心地找寻过
巴利王在巴利坡生活的痕迹
但仍然是一无所获，仅仅是在老人们的口中
听到他们说曾在田畴中收拾过砖头和瓦砾
这或许就是当年的巴利王留下的吧

在这一个叫神田的村子
农耕文明和耕读传家一直是乡亲们生活的底色
这是否也是巴利王当年给人们留下的遗训呢
如今，这个叫神田的村子
窗明几净、恬淡自然、生活小康
这应该是巴利王最能欣慰的了
巴利王开辟了这一片土地
让人们在这片土地上生息、繁衍
神田村的乡亲们也铭记祖德，互助守望、孜孜以求
我想，这应该就是
这个叫神田的村子绵延不绝的根基吧

不会忘记的名字

刘胡兰

怕死就不当共产党员
这是你发出的气壮山河的誓言
你从容淡定地走向敌人的铡刀
英勇就义
这一年，你未满十五周岁
但你留给后人的
是共产党人视死如归的勇气，以及
"生的伟大，死的光荣"八个金光闪闪的大字

董存瑞

"为了新中国的胜利，冲啊！"
这是你挺身托起炸药包时高呼的口号
随着一声的爆炸响起

敌人的碉堡灰飞烟灭
你用自己的生命做支撑
为战友们扫平了前进的道路
你的事迹凝结成共产党人的精神血脉
长留史册

黄继光

面对敌人喷着火焰的枪口
你毫不犹豫地扑了上去
用自己的胸膛堵住枪眼
你用生命为胜利打开了一条血路
我们永远铭记着这个伟大的名字
黄继光，一位普通的志愿军战士
我们永远铭记着这个英雄的地方
朝鲜、上甘岭、597.9 高地
以及这一场伟大的抗美援朝战争

邱少云

为了完成潜伏的任务
你全然不顾烈火焚身的疼痛
你咬紧牙关
一动不动地匍匐在潜伏阵地上
直至，成为一尊不朽的雕像
邱少云，你的名字就是钢铁意志的象征

长在共产党员的群英谱里
光彩夺目

杨根思

长津湖 1071 高地东南侧小高岭的战斗
你带领战士们连续打退了敌人八次疯狂的进攻
最后
阵地上只剩下了你一个人
面对蜂拥而上的敌人
你毅然抱起了炸药包冲向敌群
随着炸药包的巨响，敌人被消灭了
而你
则成了永恒，长留在中朝两国人民的心里

不能忘怀的日子

元　旦

新的一页从这一天开始
于是，人生的年轮又增长了一岁
但新的一年意味着什么都是新的吗
元旦啊，仅仅只是一个开始
所有的所有都是一个未知数
需要用我们虔诚的脚步
一步一步地
去丈量

春　节

这是一个万家团聚的日子
这一天
无论你远在天涯还是近在咫尺

都会朝着同一个方向汇集

无论你是腰缠万贯还是一贫如洗

都会朝着同一个方向汇集

这个汇集的地方

就是家

清　明

这是后人与先人交流的方式

这一天

在先人的坟前燃起蜡烛、香火

把一辈又一辈的先人祭祀

先人留给后人的是血脉相连

后人从先人传承下来的是薪火相传

或许

这就是每一个家族生生不息的秘诀

端　午

是端午就总会想起赛龙舟

总会想起那位

写就了《天问》的楚大夫

只是那些抛向江中的粽子

始终挽不回那去向已定的情怀

只留下了端午

和这个赛龙舟的习俗

在年月里传扬

中　秋

这一天，月亮总是圆的
那圆圆的月亮
就如一个圆圆的梦想
给了人无尽的希望
但好些时候都事与愿违
因为，总有一些离别无法避免
总有一些念想难以实现
这就是中秋，给人生的定义

曾经的小镇，曾经的记忆

有雾的那个清晨

小镇的那个清晨，有雾
一条蜿蜒的小路透着野菊花香
从田边，伸向那条叫 321 的国道
那时的小镇，年轻人本来就不多
坚持每天晨跑的也就更少
我从小镇向着 321 国道的方向跑去
浓浓的雾霭裹着我的脚步
只有心跳的声音和《星星》诗刊里的句子
萦绕在我的脑际
你从雾霭中迎面跑来
一袭红衣红裤朦胧在清晨的雾里
这个有雾的清晨
在我生活了些许日子的小镇
一袭红衣红裤的高挑女子

是唯一一次晨跑里的偶遇
尽管，我不知道她是谁
但我记住了在雾霭中一片朦胧的色彩
以及小镇中这个有雾的清晨

阳光正暖的晌午

阳光正暖的晌午
一缕金黄色的暖光顺着屋顶上的缝隙
照到了我端坐在的阳台上
在阳台上端坐，看看书
这是我在小镇的午后
一种独有的休憩方式
我喜欢舒婷的《致橡树》、喜欢余光中《乡愁》里
的邮票
也喜欢这个小镇悠闲的生活方式
在小镇街巷的另一头
有一座长着一株粗大石榴树的院子
在晌午的阳光里特别的醒目
我的目光在书本上游移
无意间看到了这个院子二楼的阳台上
也有一位在晌午的暖阳里看书的背影
看到的仅仅只是一个头像
长长的黑头发，想必应该是一个女孩吧
我又记起了那个有雾的清晨
那个在雾霭中朦胧的身影

她们是否就是同一个人呢
时间过去了很多、很多年
我依然没有知道
只是小镇中的这个晌午和这道背影
在我的脑海里没有褪去
直至今日

一份叫《晓雾》的刊物

一份叫《晓雾》的诗歌刊物
在小镇里诞生
刊物当然是油印的
编辑也只有两个人
但这份叫《晓雾》的诗歌刊物
分发到了很远、很远的一些地方
有外省的一些其他小镇、有大学校园里的同学
也有散居在各地的《晓雾》诗人们
第一期的创刊号只有薄薄的三十页
十位诗人的三十首诗集中呈现在创刊号
当然，蜡刻和油印的工作
是小镇里的我们的杰作了
至今想起那个时候油墨的芳香
还有着一丝难以忘怀的甜蜜呢
《晓雾》一共刊发了多少期
十位晓雾诗人在小镇刊发了多少首诗
这些都不重要了

重要的是
值得记住的那个年代，和那年的小镇
这些对诗歌的崇敬和向往，以及
这些对诗歌同样虔诚的晓雾诗人们

你说你会到小镇来

记得你曾经说过
你会到小镇来
来赴一场春天的约会
小镇有一条叫 321 的国道
国道的两旁长满了紫荆花的路树
红的花、粉的花
在小镇的春天里鲜艳夺目
小镇里还有漫山遍野的八角香
将三月果的味道
馥郁芬芳在小镇的上空
这是不是一种难得的诗意呢
《晓雾》诗刊发了好多、好多的诗
你写了很多、很多诗，也给小镇写了好多诗
你说，你会到小镇来，在这里
体会小镇的诗情、阅读小镇的诗意
我真的希望你有一天真能到小镇来
闻一闻小镇的紫荆花香、八角花香
现场写一首小镇的诗
弥漫着八角芳香的气息

尽管，你最终没有到小镇来
但不知道这首透着紫荆花香的诗
你写完成了吗，现在还能不能寄给我
我真的很想再读一读
当年的小镇
那段青葱的岁月和诗情的年代

春天的诗歌印象及其他

——和诗人黄礼孩、安石榴、曾欣兰、游坚藤州行

桃花山的诗歌印象

桃花山本来就不是一座山

也从来没有桃花

但是，由于一个姓邓的外乡人的突发奇想

在这一湾绿水如茵的草地上

完全靠自己的想象和一个人的力量

在这湾草地上一砖一木地修建、一日一日地栽种

使这里有了一个充满诗意的名字——

桃花山生态农庄

每到入夜的时分

附近村庄的大妈们便汇集这里

跳起色彩斑斓的广场舞

把桃花山渲染成一种高亢的色泽

每到周末，一车又一车的游人接踵而来

他们在这里烧烤，在这里谈天说地
也穿行在一株又一株桃林里
喜悦的笑脸赛过了一朵朵红艳艳的桃花
我们和广东的诗人礼孩、石榴等诸兄也走到这里
为策划一场诗歌音乐的盛宴去感受诗歌的印象
无疑，这里的山是充满诗意的、水是充满诗意的
流淌着生活烟火味的气息是充满诗意的
朵朵盛开着的桃花是充满着诗意的
连同创造了这座桃花山的老邓也是充满着诗意的
诗意的桃花山和桃花山的诗意
阐释在这一湾的桃红绿水里
阐释在我们一步一个脚印的行踪里

一个叫泗洲的洲岛

一个叫泗洲的小岛，为什么叫泗洲
广东的诗人黄礼孩问、安石榴问、曾欣兰和游坚
也问
是啊，这个岛存在了这么多年
绵延了几千人在这里生息，为什么叫泗洲呢
我答不上来，作为泗洲岛人的玲子也答不上来
我们只知道，在这一段浩渺的西江上
在古藤州的历史里有十一座与水为邻的洲岛
而这眼前的泗洲，仅仅只是十一座里的一座
而我们偏偏踏上了泗洲岛，这是诗意的缘分
也是我们与泗洲的缘分

走在这座春风扑面的洲岛

我们从洲头走到洲尾，去倾听江水拍岸的声音

去感悟凤尾森森的绿意

这也是一种别有的诗情

泗洲，就是一首流淌在西江上的诗行

唐屋、石屋、陈屋以及那一座座的民居

是这首诗行里醒目的句子

当然，还有洲头上正在打造的农家乐景点

那一行行随风摇曳的杨柳

和一场场铿锵激昂的水上高桩狮舞

这便是泗洲这首诗行的诗眼了

在这个明媚的春天里，在古老的藤州里

处处有绿意、处处有诗情

当然，这座叫泗洲的洲岛也不例外

旧安城新濛江

找寻春天的诗情，我们来到了濛江

一湾江堤，两条河流在这里交汇

堤岸两边的街道绵长

摆满了蔬菜、果苗、食物、衣服等等商品

人们来来往往，穿梭其中

生活的烟火在这里充盈，春天的诗意在这里流淌

一座叫安城楼的四层塔楼屹立江边，富丽堂皇

我们登上了这座叫安城楼的塔楼

眺望蒙江、西江两条凝碧如镜的河水

揣摩当年这个叫安城的地方的模样

是否也像今天这样人声鼎沸、年阜物丰

礼孩说，这个水岸的新城充满生活烟火的气息

这里的一湾绿水、熙攘人气

都萌动着春天的气味、萌动着诗情的气息

这些生活的本真原色，就是蕴藏着的一首诗

在回来的路上，游坚特意提议要照原路返回

因为他在来路的时候就看中了一摊大白菜菜心

他说，这种菜好吃，在广州绝对买不到

他要买一大袋回广州，不但自己吃还要分发给朋友

旧安城的怀想永远留在濛江人的心中

新濛江的诗意呈现在我们眼前的生活

寻找诗情，寻找到一个适合诗歌音乐节的场景地

这一湾碧绿的秀水，这一个叫旧安城新濛江的地方

会不会就是一个冥冥中的注定呢

献给故乡的诗行

藤州景物，岁月留香

藤县古称藤州，南朝梁时先置石州，隋开皇九年（589 年）改石州为藤州，至明洪武三年（1370 年）降州为县叫藤县至今。古藤州历史悠久、风景秀丽、人杰地灵，历史上的"藤州八景"曾让一代又一代的藤州人引以为豪，只是时代的变迁和沧海桑田，一些景物已成了尘封的历史，但这种历史的记忆将长留史册，留香岁月。

剑江春涨

一条向北缥缈的河流，蜿蜒
在藤州古老的岁月
春色浓漓时方好
船儿驶来、船儿驶去
站在船头的宣抚使
极目春光，风流倜傥
谁都没有料到，宣抚使的佩剑
竟然悄然滑落，滑落了

这条无风也无浪向北而流的河里
宣抚使的佩剑还会失而复得吗
艄公不知道、随行的人不知道
宣抚使自己也不知道
船儿继续前行，去藤州的东山、去慈圣寺
去游览这片皇恩浩荡的藤州山水
春日正好、春光正好、春水渐涨
归去来兮，只见春涨的北流河浮起了一只灵龟
灵龟正背负着宣抚使的宝剑，朝船儿缓缓游来
宣抚使的宝剑竟失而复得，从此
这段东山脚下的北流河
便多了一个叫剑江的名字
将这段故事，连同剑江里水涨的春色
描摹成古藤州的一景
留香岁月

石壁秋风

这块高高的石壁，挺立了千年万年
在北流河雷塘顶的岸边
与河水相亲又相依
高高的石壁呵，经历了多少的沧海桑田
才炼就了这伟岸的身躯
石壁里有眼岩洞，岩洞幽深，岩壁清凉
四季水凝而静，冬暖夏凉
一种浔江上、北流河上特有的三荔鱼

在幽深的岩洞里游荡，也在这一湾的河面游荡
成了古藤州水上人家天然的渔场，只是
随着年久月深、水路变化、水面抬升
幽深的岩洞已悄然覆盖在深水之下
消失在了人们熟悉的视线，但是
石壁依旧还在、依然伟岸挺立
秋风依然年年吹送，依然透着当年的清凉
石壁秋风的景色
依然是藤州人心存不变的念想
长留在藤州人的记忆
从未褪色

鸭滩霜籁

北流河上的鸭子滩，又叫鸭儿洲
这青青的河边滩洲，有水鸟啾啁
那一年的县令高攀桂走出县衙秋游
恰恰就来到了这个鸭儿洲，县令在这里
看雁鹤飞翔、观渔翁垂钓、赏桔柚飘香
秋色正浓、秋风正爽
鸭子滩上、北流河岸
清秋朗月初挂天上，月色如霜
这景色招惹了高攀桂县令的诗情，于是
县令吟咏藤州的诗篇《鸭滩霜籁》
连同鸭子滩的名字便铭记在藤州的志书里
秋风应该是有点凉的

不知道月色下的渔翁是否还在垂钓
不知道县令是否和渔翁对酌了两杯
此情此景，一切应该都是有可能的
但这并不重要，重要的是这一幅场景
这一首叫《鸭滩霜籁》的吟咏
已经镌刻在一摊如霜的月色里，镌刻在
古藤州这个叫鸭滩霜籁的景点里

龙巷露台

当年古藤州一个叫温媪的女子
在水东街孝通坊对出的江面
无意中拾到了一个石蛋
想不到石蛋竟孵出了五条蜥蜴状的动物
温媪将它们精心豢养、细心呵护
五条小蜥蜴逐渐长成了五条小龙
小龙喜水，龙母把喜水的小龙放回浔江
龙归江河，小龙们快乐地成长
在浔江这一片宽阔的江面上
人们经常可以看到小龙们跃出水面，互相嬉戏
每当温媪从孝通坊来到江边
无论她是执意来看望小龙，还是来洗涤家里的衣物
小龙们都特别开心，从江中心追逐着来到温媪的
跟前
围在她的身旁嬉戏、玩耍，就像顽皮的孩子一样
一年又一年过去，小龙们在江中渐渐长大

献给故乡的诗行

在一次长长的涨潮退潮之间
人们突然间看到原先小龙们生活的那片江面
霞光万丈中显露出一行行嶙峋的怪石
就像是水里的琼台楼阁一般，美轮美奂
人们说这就是小龙们在浔江里生活的宫殿
奇怪的是随着潮水退去
长大了的龙子们也随着潮水奔向了大海
这浔江中瞬间闪现的琼台楼阁也消失了
从此，便再也没有出现过
古藤州的人们朝着江中顶礼膜拜，记住了这一景象
将龙巷露台铭记为古藤州的千古一绝
连同龙母温媪的故事
传扬在古藤州的龙母庙里
传扬在古藤州不变的历史里

东山夜月

东山的月亮是有故事的
东山的月夜也是有故事的
当年的国公碑作为古藤州的镇州之宝
祀在了卫公寺里，祀在了朗朗的月色里
东坡先生和苏辙在藤州的水路上相会
是否也登上了这东山呢
但坡翁和邵道士从容州来到藤州
确确实实是一起同游东山的
他们在月光如水的东山上，对酒邀明月

留下了一段史话与一座叫东坡亭的亭子
在巍巍的东山脚下风流倜傥
东山的月夜也是豪迈的
当年大学士解缙和藤州的士子谈笑风生
将古藤城郭镇南邦的豪情写在了东山上
写在了古藤州人民的心里
也写在了东山上
水天一色的月光里

赤峡晴岚

川流不息的浔江水
在这个叫戎潭的地方
竟收起了一个窄窄的峡口
突屹两岸的高山
险峻而伟岸
红日初升，微风静好
潋滟的江水一片红黄
霞光万丈，仙风道骨的谪仙人独坐危岩
不远处的广惠禅祠里
正传来一声声清脆的木鱼声
假道藤州的谪仙人呵，是到广惠禅祠礼佛呢
还是在这危岩上独听一江的浪涛
又抑或是这赤峡中的景色
正好触动了诗人的诗情
于是，便留下了《紫藤树》的诗篇

在这个叫赤峡晴岚的景点
在这方水汽雾凇的土地
年年传唱，月月传唱

谷山翠叠

高耸入云的一座大山，端庄巍峨
它静静地端坐在古藤州的江北
与这座叫藤州的城池相互凝望，一往情深
三月的谷山，层林尽染，千峰碧绿
不知名的鸟儿在同样是不知名的花枝啁啾
让这一山的恬静有了春天的喧闹
也惊醒了正在山中恬睡的谷山大仙
一抬脚便跨过了对岸
谷山脚下，民盛村里的香火燃起
这是山伯庙里在祀敬梁山伯
也是祀敬古藤州人对爱情的礼赞
而谷山大仙留在江对岸的脚印
则成了神仙脚迹的景点，也成了
英台庙的庙址，和对岸的山伯庙遥遥相望
梁山伯与祝英台的故事流传了千年万年
也在古藤州的牛歌戏里传唱了千年万年
更在隔江凝望中相守了千年万年
谷山的春色，长在古藤州人的心里
也倒映在这一江春水里
从古至今

难以忘怀

文岭云环

当年的县令，在这座叫鸡谷山的岭上
建起了县学
从此，中原文明的花朵盛放在古老的藤州
从此，这片山岭成了古藤州的文岭
县学办了多久，又有多少藤州的士子从这里成就了
功名
县学会记住、文岭会记住、古藤州的人们更会记住
当我们翻开一本又一本重刊的县志
1 名状元、22 名进士、231 名举人
在县志里赫然入目
文岭啊文岭，透过清晨薄如蝉翼的雾纱
我们仿佛还能看到一批又一批的生员
书生意气的吟诵
当年南隅厢登俊坊的李尧臣
这名苍苍森八桂的第一位进士，以及
自幼生长于宁风乡的冯京
一定是浸润了这文岭的文昌秀气的
那岭挂的皇榜就是最好的证明
文岭云环，文脉飘扬
一个又一个朝代的更替
不变的是文岭上的文昌秀气，如今
一座叫藤县中学的学校又矗立在文岭上

献给故乡的诗行

当年的文岭有了更多矫捷的身影
秀气的文岭啊，袅袅的白云依然在环绕
文岭的文脉，从古至今
一直飘香
从未间断

眺望古藤州里的山

挂榜岭

"荣水穷焉，有不庭之山"
郦道元《水经注》里的句子，记录了
古藤州里今天叫挂榜岭的这座名山
当然，这是很久、很久以前的事了
"荣水"是什么河，"不庭之山"是什么山
相信今天的藤县已经很少有人知道了
但这条一直向北而流的河流在藤县的挂榜岭山下
汇入了滚滚东去的西江、汇入了珠江
汇入黄浦江的波涛，流向了大海
我不知道当年写《水经注》的郦道元
是否会想到一个又一个朝代过去以后，古老的藤州
会有一个叫李尧臣一个叫冯京的俊秀少年
在这座"不庭之山"与清风明月作伴、苦读经书，最终

献给故乡的诗行

成了八桂大地上的第一位进士和"三元及第"的状元

无疑，这是李尧臣的荣耀、是冯京的荣耀

也是古藤州的荣耀、"不庭之山"的荣耀

当皇榜挂上了"不庭之山"的岭头

当李尧臣的故事、冯京的故事，在藤州一代又一代传扬

当年的这座"不庭之山"终于成了今天的挂榜岭

我从挂榜岭上走过，清风拂面、朗月当头

这清风明月

是否在照着前贤，启迪后秀

小娘山

传说中的大娘、二娘和三娘是美丽的仙女

不知什么原因，竟在这里羽化成了三座青峰

于是，这一片山脉便有了一个美丽的名字

小娘山

传说当年的闯王李自成曾来到这里

留下了"一线天"这条山里通向山外的狭窄山道

也有尤乱年代的匪乱贼劫，占据着这一片山脉

留下了一位被绑票的奇女子临危不乱、机智勇敢的故事

以及人们现在还在口口相传的那篇《小娘山赋》精美的文字

待到云开日出，一切苦难成了过去

在一个又一个明媚的春天
一队又一队朝气蓬勃的青年人来到了小娘山
他们在这里栽下一片又一片树苗
有松树、有杉树、有香椿树、有八角树
这些树苗栽满大娘、二娘、三娘的山坡，也栽满了
那个叫小娘山林场的所有山脉
绿树幽深，沟壑万重，小娘山林场
把小娘山在仙女羽化成青峰时的苍翠又复原了出来
常年的云蒸雾绕，馥郁芳香中
依稀还可看到三位仙女当年婀娜的身姿
小娘山啊，是古藤州里一座古老的山
它有太多的传奇故事蕴藏在山里，难以揭秘
小娘山又是一座热情洋溢的山
它博大的胸怀
就如钟情于这片秀山丽水的天上仙女
等待着你的慧眼
去读懂它，不管是过去还是将来

狮　山

古泰州的百越民族在这一片山脉里栖息
他们生活的寨子叫作狮子寨
狮子寨只有一座
但百越民族生活过的地方肯定不止狮子寨
于是，留下了百越民族足印的这一片山脉
成了狮山

狮山锦石奇异、丹峰耸立、沟壑万千

一座又一座瑰丽奇异的山峰

如净瓶远眺、如观音坐莲、如石龟戏水、如石蛤戏蜗

伴随着百越民族在历史的岁月里穿扬

岁月无痕，但狮山有情

当百越民族生活的痕迹褪去

但狮山依然留下了狮子寨、岑婆寨等一座又一座的寨子

让今天的人们充满敬仰

至于那些众多的南海观音的形象

和声声不息的佛学禅音

这应该是狮山五彩缤纷的另一种景象了

曾经的宁风寺和修禅的道姑庄严了唐宋两个朝代

狮山脚下的契嵩正是因为得到了精严禅师的指引

从而一路云游、潜心悟佛

成了"明教大师"和灵隐寺的住持

古老的狮山山脉，它隐藏了太多的神秘和传奇

狮山是古老的

因为它曾经和古老的百越民族一同成长

狮山又是年青的

因为它瑰丽的风光正等待着人们去开发

狮山，就是这样一座既古老又年轻的山

蜿蜒的河流及流水的声音

那段叫西江又叫藤江的河流

这条蜿蜒东去的河流，接连着两广
在珠江口的黄浦江汇入了大海
它负载了太多西南边隅对南海的深情
当然，也见证了一衣带水的古藤州无限的凝望
广南东路与广南西路的界址有痕，但在古藤州
这条叫作西江又叫作藤江的水流无痕
它日复一日、年复一年地滔滔东去
诉说不尽的是无法割舍的骑楼倒影、酒肆茶馆
以及那一声声"食阻未?"的粤语乡音
或许是为了这一份情，北宋的苏东坡来到这里、苏
辙来到这里
在这条叫作藤江的水面上，邀来天上的明月对酌
我不知道是古时藤州的酒香还是今天的藤县酒醇
但东坡兄弟俩人以及他的弟子少游先生是醉卧古藤

荫下啦

　　这是西江水流上的一段韵事，也是藤江夜月下的一段韵事

　　它和藤江的水声月色一起镶嵌在古藤州永不褪色的岁月

　　还有那个编纂了《永乐大典》的解缙大学士、那个叫袁崇焕的乡贤

　　虽然他们和东坡先生相隔了两个朝代之远

　　但对藤江的深情依然丝毫不减

　　解缙大学士从千里之外的皇城山长水远来到藤江

　　袁崇焕从西江上段的白马汛莲塘村来到藤江

　　他们同样泛舟赏月，他们同样饮酒赋诗

　　解缙大学士甚至在藤江边上的水月阁一住就是半个多月

　　他们的不朽的诗章传唱在古藤州的历史里

　　他们的文采风流飘扬在古藤州的山光水色里

　　后来，还有一个叫作洪秀全的广东人

　　从广东的花县沿着这条江溯江而上到了广西的桂平

　　开启了一场轰轰烈烈的农民运动

　　作为藤县人的李振亚将军，则辗转千里来到海南

　　开创了琼崖纵队崭新的局面

　　就是这条叫作西江、这条叫作藤江的河流

　　它水流无痕，但浪花有意，朵朵饱含深情

　　无论过去，无论今朝

　　从广西到广东

　　流淌不息

剑江绣水北流河

这一条向北蜿蜒而流的河流
发源地原本就在北流，北流与北流河
注定是密不可分的，因为没有北流就没有北流河
这一条溯流而上的河呵，它靠南牵连着南流江而到合浦
成了海上丝绸之路的航道
承载着一船又一船的绸缎布匹、精美陶瓷
从中华大地的内陆漂洋过海，直抵南洋
这条向北而流的河流，流到了藤州
偏偏又多了两个名字，剑江与绣水
让人百思不得其解，但它就这样叫了
而且，一叫就是几百年
人们不知这两个名字因何而来，只知道这一段河水的清澈欢快
只知道汉代有一位将军叫作马援，他率领的楼船水军载满了整个剑江绣水
只知道唐代有一个叫作鉴真的大和尚，曾经从海南岛过南流江来到这里
在宋代有两位叫苏轼、苏辙的兄弟在剑江上泛舟夜渡，对月畅饮
只知道在这剑江绣水的河岸，有一座叫作中和的瓷窑
红红的窑火，从北宋的晚年一直烧到了南宋的晚年

那一船又一船精美的青白瓷经过这剑江绣水
一直向南、向南远走
那流水的声音伴和着欸乃的桨声
弥漫在整条的北流河
这条叫剑江又叫绣水的北流河，穿越了历史
穿越了古藤州那段月光如水的岁月
水流的声音，不绝于耳

在藤县，聆听缥缈天边的歌谣

藤县有一些非常原始、非常原生态的非物质文化遗产戏剧曲艺，这些小戏小曲就如来自天籁的声音，非常唯美

——题记

花灯调

有一种曲调，悠扬地穿越夜空
在朝岭冲的村子里传唱
我们围坐在文化广场上
听家胜，一位花灯调歌手唱花灯调
这曲调，像天上的仙乐
从清朝的咸丰年间飘来
从每年的正月初十唱起，一直唱到
吃过了汤圆的元宵节
是谁创造了花灯调的曲调
又是谁放开歌喉亮起了第一声
家胜老人也说不清楚

家胜只知道当年他的爷爷在村里办起了灯会
除了爷爷，村里唱花灯调的
还有后来的品东，还有仙如，还有他自己
至于爷爷以前有谁呢，家胜记不起来
爷爷以前是否和他说起过
家胜更记不起来
花灯调唱响在朝岭冲，唱响在湿润的空气里
县文化馆的燕子姐说好听、土宏哥说好听
专程从南宁来到朝岭冲的大胡子老周也说好听
到朝岭冲去
看一看新乡村，听一听花灯调是好的
因为，这曲调
原本只在天上有，人间难能几回闻

木面筛

都更村，有一场神秘的盛宴
木面筛，以隐秘的视觉和听觉效应
冲击着你曾经的所有
或许，你真的闻过未闻、见所未见
但在这两叫都更的村里
这种隐秘的表演，完全看不到演员面孔的木面筛
在狮山脚下的村子流行了一千年，甚至几千年
这种表演很原始、演唱的声音很神秘
神秘得如同这座叫都更的村子，为什么会叫都更
据表演的庆荣说，木面筛与盘古庙有关

没有盘古庙就没有木面筛，就不会有这种隐秘的
表演

都更村里有盘古庙不假，但这庙是后来建的

原来的庙早就拆了，什么时候拆的

庆荣记不清楚，都更村人也记不清楚

他们只记得从他们记事起这庙就在这里了

木面筛的表演

有两个人的，有四个的，也有六个的

这种表演

是盘古的荣耀、是盘古庙的荣耀、是都更村人先祖
的荣耀

这种荣耀，属于庆荣，属于宏海

属于许多传承木面筛表演的都更村人

到都更村去，看一场木面筛的表演

触摸触摸盘古开天辟地的隐秘

那，不也是一场历史的豪放么

八　音

平山村里的八音，是一种天籁之音

这种音符来自天边，吹过了平山、吹过了北流河的
金鸡驿

也吹过了古藤州，甚至吹到了苍梧、容县和北流

平山村里的这场音乐盛宴

来源于八件乐器，由八位演员手心相牵

在平山村，李伯七十一岁那年请了八音

到八十一岁、九十一岁时仍然请了八音

李伯说，到一〇一岁、一一一岁了当然还要请八音

八音是李伯的快乐

更是平山村人的快乐、大家的快乐

在平山村里采风，八音是会醉人的

那种醉，就像是饮了一大杯香醇的罗漫山米酒

醉倒了你我、醉倒了日月、醉倒了光阴

也醉倒了天上人间

这，就是一种叫八音的音乐

唱响在平山村里

平山村，值得你去一趟

看一次八音表演，醉倒一次在天上人间

木偶戏

新大村的木偶戏真的是一场戏

有线的木偶，穿着鲜艳的衣服

所有的演员只有三个人

一个演、一个唱，还有一个敲锣鼓

《薛仁贵征西》《穆桂英大战洪州》等等历史大戏

在铿锵连天的锣鼓声中一一展现

当然，《陈世美》这场戏也是很受欢迎的

坐在戏棚前的老人和孩子，木偶戏演结束了

但他们的雅兴还没有结束，他们还要谈论

薛仁贵三箭定天山和穆桂英的神箭飞刀到底哪个

厉害

最可恨的肯定是陈世美了，典型的忘恩负义啊
新大村的木偶戏，所有的故事情节
都在柱成老人一收一放的线中，绷紧神经
历史的烽烟岁月，皇上与百姓、神仙与凡人
柱成老人的心中清清楚楚，木偶戏也清清楚楚
当然，新大村里的孩子们也清清楚楚
新大村，我去过不止一次
我想邀请你也去一次，去一次新大村
看一看，村里的木偶戏
跟着这戏，也紧张紧张你的神经

献给故乡的诗行

沉睡的莲花梦

一

一个莲花般的梦

在绣江上游走

泊近了码头

在一个叫中和的地方

悠然生长

一条条龙窑

如莲花般盛开

烧出一船船瓷器

灿烂在一个叫大宋的朝代

应和着绣江水的欢腾

把宋瓷般精致的生活

书写在南洋的异国他乡

让我们去回味

那弥漫着舒闲的国度

和曾经的那段辉煌

二

中和的另一个名字
竟然叫老鸦塘
大雅与大俗
就这样浑然天成
随性率然
如同村子里的匣钵
散落岁月的尘埃
垒砌的厚墙土砖
雕刻成一道道独特的风景
折射着历史的微光
飘逸在亘古不变的村庄
让我们穿越
去追寻
那个洁白的莲花梦

三

刻印着工匠姓氏的匣钵
整齐地排列成一堵堵墙
如同一朵朵沉睡的莲花
生长在繁华的深处
当年火热的场景

连同这工匠的名字
深深地烙印在宋朝的历史
见证着
这片浑然鸿蒙的灵明慧光
以及清净洁微的泱然大气
随着一代又一代的风起尘落
以遗世独立的芳姿
飘过了元飘过了明飘过了清
在大道至简的中和
任凭岁月漫浸
依然烂漫芬芳

美妙神奇的藤县特产

同心米粉

曾经的清廷贡品
诞生在这个稻花飘香、凤舞楼阁的乡村
一代又一代匠人的传承
让这种传统的制作技艺传遍了同心的家家户户
米粉的飘香，弥漫在同心山水间
在脱贫攻坚的日子
成了同心的主导产业
米粉飘香
不但香在山村农民的心里
也香在
富国富民的好政策里

太平米饼

纯手工制作的太平米饼
是古泰州人过年时必备的食品
古泰州的历史有多悠久
太平米饼的历史就有多悠久
太平米饼，舌尖上的非物质文化遗产
不但甜在古泰州人的心中
也甜在太平人今天的幸福生活里
"萃香米饼"只是太平米饼中的一种
但米饼上美妙的图案、含齿的米香
是所有吃过的人都不会忘记的
和米饼的非遗传承人黄自杰聊起太平米饼
那绝对是一个滔滔不绝的话题
因为，太平的米饼
它荣耀在古泰州的历史里
它芳香在太平人现实的生活中

古龙八角

不知道那个建"授三公"祠的古龙人
当年从南洋怀揣着大红八角的种子
漂洋过海
回到了家乡的土地
种下了第一株八角树

那时的他是否会预想到

今天满山满坡八角的芳香

原本没有八角这个树种的古龙

因为有了一个叫"授三公"后人的黄海臣

有了一代又一代古龙人始终如一的守候

便成了今天的"中国八角第一乡"

八角飘香，香飘万里

古龙因为有了黄海臣

有了从南洋带回来的八角种子

有了古龙的这一片连绵的群山沃野

便有了古龙八角这一特色的产业

芳香四溢

和平粉葛

葛根，一种豆科蔓生作物

遇上了和平这一片沙质土的土壤

便有了一个特定的名字——和平粉葛

和平粉葛的葛色天香

是和平大地上一种芬芳的葛色原香

这种原香，带着泥土湿润的气息

飘落在屯江、飘落在古老的五屯城

飘落在荔枝村里那些古香古色的瓦面

一畦又一畦望不到尽头的葛田

一片又一片满眼苍翠的葛叶

不就又是丰收的年景吗

献给故乡的诗行

这是种葛人的喜悦，也是和平人的喜悦
这种喜悦
不但展现在丰收的葛田里，更展现在
这些带着泥土芳香的粉葛收获以后
一系列的葛粉、葛面、葛爽、葛糕产品里
因为
这种独一无二的粉葛
带着泥土湿润气息的葛色原香
只在这和平有

平福油茶

平福的油茶是一种古老的野生油茶
原来只长在天池的深山里
天池，不是天上的池塘
而是古时对平福这一带高地深山的泛称
这些生长在深山里的油茶
不仅为天池人提供了生活的油料
而且还是不可多得的瑶药呢
一些热毒攻心、疴呕肚痛、无名肿毒等杂症
用了这天池里的野生油茶
就真的能药到病除呢
这就是天池油茶的神奇
天池的油茶为什么会有这种神奇的功效
天池人没有留下只言片语
平福人也没能说得清楚

至于天池为什么改成了平福

平福人倒是说得清清楚楚的

因为，祈望的琼池并没能带给人们幸福

只有新中国才使天池人生活幸福

就如同这野生的油茶

它从天池上移植下来

种满了平福的一座又一座山

就成了今天平福的油茶、幸福的油茶

大黎灵芝

大黎的石崂岭很高

六练山上住着神仙

而灵芝呢，这种人间的仙草

是否就是长在石崂岭上、长在六练山上

到大黎去，是不能不去石崂岭的

因为石崂岭上有石崂大王

同样，也是不能不去六练山的

因为六练山上住着神仙，常年仙气缭绕

石崂大王和神仙住的地方总会长着仙草吧

那么大黎野生灵芝这种人间的仙草

只要你去了石崂岭、去了六练山

就极有可能会遇到

尽管这是可遇而不可求的事

大黎的灵芝啊，长在大黎这一方的山上

大黎是天上的天阁

大黎是人间的天堂
大黎的灵芝
是人间可遇而不可求的仙草

记忆里的圩市
——关于南安、赤水与人和

南安圩

对南安圩的最初记忆
还是在我很小、很小的时候
至于是否已经上学了
在我的脑子中已完全没有了印象
只记得那一次是跟随着母亲挑公粮的脚步
一路碎跑着跟去的
走了多久，亦已印象全无
只记得走到半途的一个小陡坡时
母亲认得的一个公社干部将手里的一根果蔗
折掉了一大截下来递给我
我就是一边吃着果蔗一边跑着到了南安圩的
南安圩给我的第一印象就是人很多、东西也很多
是一个让我眼花缭乱的世界

献给故乡的诗行

南安圩，是南安公社的一个圩市

也是西江沿岸南安、赤水、人和公社三地共同的
圩市

后来，我长大了

购买生活用品要去南安圩

购买学习用具要去南安圩

家里杀猪卖猪肉、卖鸡鸭牲畜也要去南安圩

南安圩，是我除了学校之外去得最多的一个地方

后来，因为再升学到了外地

去南安圩就少了，再后来

南安和赤水乡镇合并，搬到了一个新的地方

去南安圩就更少了

记忆里的南安圩，我一共去过多少次

这确实是记不起来了

但我有生以来第一次去南安圩

以及，南安圩当时的景象

却清清楚楚地镌刻在我的脑海里

不曾褪去

赤水圩

记忆中的赤水圩是极其繁荣的

因为在南安、赤水与人和的三个圩市中

赤水是最早形成圩市的地方

这个珠江水系西江流域的重要水上驿站

历史上就是一个人来人往稍息休憩的地方

自然而然就成了商品的集散地

不但南安、人和的人们要到赤水的圩市

就是同流域的大圩龙圩一带的人们也会到赤水来

因为，赤水圩有一个猪花市场

是毗邻藤县、苍梧、容县三地最近的一个专业市场

猪花的数量上也是南安与人和圩所不能比拟的

那时候农村中家家户户都养有一、二头猪

"购一留一"宰杀出售以后便要去赤水的猪花市场

很有讲究地选购好猪花回去饲养

但不知什么原因

在赤水圩买回来的猪花就特别的好养，也容易长大

在我的印象中

村里的人们到赤水去赶圩，大多是为了买猪花

因为去赤水圩比去南安圩远了很多

同类的商品人们往往是不会舍近求远的

至于赤水圩后来为什么萧条了下来

好像突然间没有了人来人往的熙攘景象

大概是因为农村中一家一户的家庭式养猪少了的缘
故吧

分散的家庭式养猪少了

选购猪花的人就少了

选购猪花的人少了

猪花市逐渐就衰落了

曾经十分繁荣、热闹的赤水圩

也就逐渐地淡出了人们的视线

人和圩

人和圩就在南安圩的对面
它们相隔着浩宽的西江河面
既远又近地互相对望着
人和圩与南安圩虽然同在一江的两岸
但它们分别属于不同的藤县与苍梧县
大家都有相同的水上人家
也有圩市上的街民
而且两地的联婚比较多
大多数人都有着姻亲的关系
每个人就这样转折来转折去成了亲戚
人和圩与南安圩最热闹的时候是大年初二
初二这天一早便锣鼓喧天、醒狮腾跃
人和圩的人要开着船到南安圩去舞狮子
南安圩的人也同样开着船到人和圩去舞狮子
虽没有商量，但年年都不约而同
两圩的狮子分别在对方的圩市上争抢"银牌"
在抢"银牌"的同时也在响彻云霄的鞭炮声中比赛
"炸狮"
中途还要互相派出"探子"
去刺探对方抢得了多少"银牌"
狮子被炸烂了没有，炸烂了多少个狮头
到下午各自回去的时候再详细盘点盘点战绩
商讨商讨明年再战的路径、方法

大年初二的舞狮

是人和圩与南安圩独有的竞争方式

这种你不服我、我不服你的竞争舞狮

一年一年地留传下来

成了人和圩与南安圩一种特有的文化呈现

喧闹在人和圩与南安圩的岁月

献给故乡的诗行

有一种乡愁叫周村

屋背山与文化公园

屋背山，顾名思义是屋背的山
但这座山在周村的屋背
就成了周村的屋背山
周村的屋背山，因为有了周村
因为有了一个叫阿忠的周村人
就成了不一样的屋背山
阿忠从外地回来，回到了生他养他的周村
阿忠要在村里建一所新的学校
让周村的孩子们也坐在像城里的教室一样读书
阿忠要在屋背山建一座周村的文化公园
这文化公园里有村道、有步道、有凉亭、有广场
有科技馆、有阅览室，一共有 23 种设施
周村的孩子们很高兴，他们可以在屋背山上放风筝
也放飞他们童年七彩的梦

周村的妇女们很高兴，她们可以在村中跳广场舞
周村的老少爷们也很高兴
因为阿忠建的文化公园给他们派了很多活干
屋背山因为有了文化公园而朝气蓬勃
周村也朝气蓬勃
朝气蓬勃的屋背山，因为有了阿忠
就有了一种挥之不去的乡愁
这种乡愁，它袅娜在阿忠的心里
也袅娜在周村的岁月里

石爽河里的记忆

石爽河其实就是白石河，只不过
白石河流到了周村，偏偏叫作了石爽河
石爽河顾名思义有着很多的石头
这些石头有些像水牛，有些像牧牛人
还有些像什么呢？任由你自由想象
有人说，石爽河里蕴藏着太多的故事
石爽河里石头就是故事的谜底
有人说，这石爽河与李白有关
当年李白贬往夜郎曾假道藤州
走的便是这条遥遥的水路
李白在古藤州赤水的岩壁读书
在周村的石爽河偶遇牧牛女，只是
不知道豪放的谪仙诗人，石爽河的偶遇
是留传下了不朽的诗句呢，又或者恰恰是

献给故乡的诗行

那首千古不朽的名篇《紫藤树》

就是在石爽河写就的吧

还有太多、太多的不明白，那牧牛女呢

她又为什么不把牛赶过河去

偏偏要让这些大大小小的水牛留在河里

莫不是牧牛女真的累了，她想歇一歇

想不到这一歇便睡了千年

石爽河呵，有太多、太多的故事需要重新忆起

阿忠说，他回到了村里

要把石爽河里湿漉漉的石头，重新打捞

唤醒沉睡了千年的牧牛女

让她好好地和村里人和到石爽河里来的游人

去说一说，当年未说完的故事

护福观里的福

周村里的护福观，是周村人朴素的信仰

护福观是与周村与生俱来的

这观与村一起建于清朝的乾隆年间

护福观嘛，护的当然就是周村的福

周村人的福是什么，福是衣食无忧

福是无疾无痛，福是人畜平安

护福观里的福是周村人的祈求

这种祈求，与周村一起持续了一千年

这福是周村人的期盼，也是周村人的奢望

这种奢望，就像庙会中的抢花炮

年年的正月都要举行

自古至今，从未停息

这是护福观的传承

也是周村人对福的原始解读

只是时代变了，周村人的观念变了

周村人心目中的那个福也变了

这福呵，就在周村崭新的校园里、屋背山的公园里

就在终年云牵雾绕的云边茶海里

这福是平安的幸福、快乐的幸福

就如同年年都要举行的抢花炮

形式始终是原始的

但花炮却年年都是新的

就如同周村人心目中的福

也年年都是新的

云边茶海

云边茶海顾名思义是茶的海

只是，这与白云相伴的茶海

不在别的地方

它就在周村人祖祖辈辈的山上

周村人的山地呵，和白云相伴了很多年

也游荡了很多年

直到阿忠又回到了村里，在村里种起了茶园

周村人的这些望向云边的山地

便成了云边茶海

这些种植在白云边上的六堡茶

成了周村人新时代里的福，因为

阿忠这家茶海的公司就叫新福公司

这或许就是周村人的福分吧

六堡茶是苍梧的福、梧州的福、广西的福

云边茶海种到了周村的山上

同样是新时代里周村的福

千里莺啼绿映红

周村里的云边茶海

它芳香在云边、芳香在天外

芳香在周村的每一个角落，自然

也芳香在周村人甜蜜的心上

此地有山叫大梳

大梳山翠绿得正好

风，从东方吹来，拂面
柔柔的，正好
紫阳，从东方逶迤而来，暖暖的
如同今天的心情，正好
站在这座山的山顶，仿佛一切的事物
都恰如其分地，正好
风是柔的、阳光是柔的、心儿是柔的
连空气也是柔的，只有花儿是鲜艳的、草地是翠绿的
仿佛这儿一切的一切
都如当年那个叫陈廷璠的县令经过，一样未变
就是这座大山，这座从远古走来的大山
而今，正端坐在这个叫同心的角落
此时此景，翠绿如初
如初得正好

献给故乡的诗行

一条叫相岩的长岩

风的力量是无穷的
时光的力量是无穷的
风和时光在这里相遇，便有了相岩
我，置身于这个叫相岩的岩洞，分明感到
相岩很大、很大，大得不知是经过了多少的时光
变幻
我很渺小，人类同样很渺小
渺小得如同这相岩里，亿万年才形成的一粒细沙
自然的力量真的很大、很大

韦氏先人生活的痕迹

岩洞里的残砖断垣，还在
凿石穿孔的榫子口，还在
仿佛那晨起日落的袅袅炊烟，还在
眼前的一幕一幕，浮现的都是韦氏先人们生活的
痕迹
当年是哪一年，先人是哪个人
我不知道，问你，你也不知道
但这确确实实真的就是
这个叫大梳的韦氏先人们最先落脚的印痕
这印痕，烙在大梳韦氏族人的心中
如同图腾，永不泯灭

栖息在岩上的燕子

燕子，栖息在丹岩上
丹岩上的燕窝，垒得很美丽
美丽得如同大梳山的景色般，正好
燕子生活了多少年，燕子又孕育了多少燕子
我不知道，问你，你也不知道
只知道，燕子在这丹岩上栖息
陪伴着这座叫大梳的大山，正好
因为，没有了燕子的丹岩就没有呢喃
因为，没有了燕子的大山就不叫大梳

道家村，让灵魂在这里安稳

思罗河的风

思罗河有风，风是思罗河的本色
思罗河的风从一千多年以前吹来
它包裹着当年豆蔻花开的花香
连同那位叫解缙又或者叫大绅的大学士
闻着豆蔻花香吹着河风的背影
若隐若现地吹来，持续了一千多年
好像说当年陪着大绅在河边吹风的
还有一位豆蔻年华的姑娘，只是年代久远了
人们已无法记清，她是从京城来的呢
还是这思罗河边的道家村里的呢
但不管她从哪里来，我们都记住了
思罗河边的这个夜晚、这思罗河的风
记住了解缙又或者说是大绅、记住了《永乐大典》
记住了《永乐大典》里的《藤城记》

也记住了"西接八番，南连交趾，惟藤最为冲要"
的一方水土

北流河的帆影

北流河的帆影，影影绰绰
随着北流河一路溯流飘去
飘去了，多少流水的欢歌
也飘尽了，多少人间的聚散离愁
东坡先生的船头是否追上了苏辙的船尾
双竞驿里，赛龙舟密集的鼓点
又能否触动了先生的诗情
北流河边的中和窑呵，正好炉火满膛
那一船又一船的青白瓷
也随着北流河上的绰绰帆影，溯流而上
一路向南，最终到了南洋
思罗河的风吹了一千年
北流河的帆影也飘过了一千多年
帆船里载满了古藤州的丰收喜悦、富足盈余
帆影里飘过了光阴年月、晨起日落
向北漂游的河不会老、北流河不会老
北流河上的帆影也不会老
因为，当年先生吟诵的诗篇依然在吟诵
当年中和古窑里的炉火今天又在重新燃烧

福隆庄的香火

福隆庄是一座祠堂，又不仅仅是一座祠堂
福隆庄是道家村杨氏族人心中的信仰，也是
所有道家村人心中的信仰
福隆庄里的香火很旺
薪火相传的信仰很虔诚
从东汉到现在，时光过去了多少年
又经历了多少个朝代的更替轮换
但福隆庄里的杨震太守依然目光坚定
一代又一代的杨家人在守护着福隆庄
一代又一代的道家村人在守护着福隆庄
将天知、地知、你知、我知的历史故事传扬
也将自律的美德永远镌刻在儿孙的心上
福隆庄既是一座家族传承的祠堂，更是
一座礼拜人类精神价值的祠堂
福隆庄里的香火，既是对杨震先生的不息怀念
更是对勤廉思想的由衷礼赞

石表山

道家村里，一座山巍峨如华表
它悠闲地静卧在村中
思罗河上的风，也会吹拂过石表山的山岗
从北流河上远去的游人，纷纷走上船头凝望

直到石表山，也成了游人眼中越来越缥缈的光影

石表山真的如华表吗，这倒要看各自的心境了

但石表山的景色很迷人

它迷倒了汉时南征的马援、宋朝的苏轼兄弟和少游先生

当然也迷倒了闻着豆蔻花香的大绅大学士

这里的赤壁长岩狭长而宽阔，是否因苏轼的到来而得名

建窦家司的土著人窦始当年建的府衙又去了哪里

穴居土著人当年居住的洞穴又蕴藏着多少神秘的故事

所有的这些都是石表山里的谜

到了春暖花开，满山满坡的野菊花和映山红

红漫漫的一片，那真的是映红了山呢

村在山中，山在村里

道家村是石表山中的村

石表山是道家村里的山

到道家村去，无疑要登一登石表山

到石表山去，同样也要游一游道家村、探一探福隆庄

因为，这段历史值得怀念

这里的时光正好岁月静好

山水象棋

石表山

总有些故事，挥之不散
总有段岁月，走过晨昏
只因为有一座山，巍峨如华表
只因为有两条河
一条唱着豆蔻花开的歌谣
一条漂着向北远游的水鸟

写网络的小伙

忠信村的七月很火
因为，有一个忠信的小伙
在这个叫忠信的村落，写了
一部忠、信、义、勇的小说
以小楼听雨的笔法

将《盖世战神》的故事，演绎
构筑起了一个全新的网络王国

考上北大的女孩

一个普通又普通的女孩
一张灿烂又灿烂的笑脸
在七月里定格，成了一幅图画
就像是邻家的侄女儿，一般亲切
所有的赞美都给了你
所有的祝福都给了你
但是，又有多少人真的知道
书山妙景勤为径，知渊阳春苦作弦

象棋镇里的象棋

象棋镇里真的有象棋
大大的棋盘，落在小学的校园里
硝烟，在了无声息中弥漫
将、帅、士、卒厮杀，来回往复
楚河汉界已无国境边界
小棋子啊大世界
象棋镇里的象棋小棋手
或许，就是未来
崛起的一颗颗新星

献给故乡的诗行

莲塘村，那朵洁白的莲花不会凋落

莲花井

其实，这一口井，一点也不像莲花
但它偏偏就叫莲花井，并且叫了几百年
莲花井坐落在莲塘村里
莲塘村里长着莲花，花开时节
一朵朵红的莲蕊、白的莲花，散发着芬芳
覆盖了整个莲塘村，也滋养了莲塘村
1584年，一个叫袁崇焕的孩儿在这里出生
原本生长在池塘里的莲花，居然
有　朵在这井里冉冉升了起来
人们说，这孩子是莲花仙子托的世
袁崇焕就是一朵莲花，这井
自然就是莲花井了
莲花井究竟有了多少年，我无法知道
开在井里的莲花是只开过一回呢，还是

开了二回、三回，或者很多回

我同样的无法知道

但我知道莲塘村是书香门第的村落

这里有何家的祠堂、抗日的将军，有叫开明的中学

这座莲花井呵，不仅仅是养育了袁崇焕

也养育了许许多多的莲塘村人

铸就了莲塘村人冰清玉洁的品格

仿佛就如这莲花，在莲塘村里年年花开

馥郁芬芳，永不凋落

中进士的乡人

1619 年，正是万历 47 年

莲塘村里，一位 35 岁的乡贤中了进士

排列己未科庄际昌榜第 40 名

这个乡贤就是袁崇焕

一位先祖从广东东莞迁到广西的藤县人

袁崇焕究竟考了多少次进士？都 35 了

肯定不止是一次吧，但终归是考取了

这是不争的事实

因为在北京孔庙里的进士碑

赫然写着：己未科三甲，第 40 名

籍贯：广西藤县

进士碑的记载清清楚楚、明明白白

莲塘村的袁崇焕

成了藤县历史上 22 位进士中的第 12 位

也是藤县人在明朝里的第 6 位进士
据说，就在袁崇焕考中进士的这一年
这莲花井呵，居然又升起了一朵莲花
在莲塘村里这是至今仍有口相传的
对于袁崇焕的出生之地和籍贯
历来有多种不同的说法
有说广东的、有说藤县的、也有说平南的
也许，这些说法都各有道理
但袁崇焕中了进士，写在了进士碑里
写在了北京的孔庙里，当然也写在了
藤县清朝的嘉庆志里、崇祯四年的梧州府志里
中了进士的袁崇焕，同样
也深深地镌刻在了莲塘村的历史里

跑马场

莲塘村的跑马场是用来跑马的
这跑马场里曾有多少人跑过马
莲塘村里现在已无法找到记载
但袁崇焕曾经在这里练过跑马
这是莲塘村人祖祖辈辈都流传着的
袁崇焕 14 岁那年为应试在藤县补弟子员
放学回到莲塘就在这里扬鞭跑马
袁崇焕在跑马场跑了多少个来回
和袁崇焕一起练跑马的还有谁
在莲塘村里同样也没有找到记载

但袁崇焕中进士后在天启二年进京接受考核时
曾单骑出关独自一人考察辽东战场的情势
许下"予我军马钱谷，我一人足守此！"的豪言
这一骑，真的就骑到了辽东
开始了一介书生的戎马生涯，从邵武的知县
转任兵部职方司主事、按察司金事、兵备副使
再到辽东巡抚，兵部尚书兼右副都御使、蓟辽督师
袁崇焕终于成了藤县历史上镇守边关的第一人
历代皇朝过去，而今当年的烽火早已熄灭
长夜漫漫，唯有莲塘村里
袁崇焕当年练马的跑马场还在
袁崇焕当年种下的几十棵古榕树还在
围绕着莲塘村一路东去的浔江水还在
走在当年的跑马场里，如果你用心去倾听
或许，透过那段历史的风尘
还能隐隐听到
袁崇焕当年练马的"得得"马蹄声

故里丰碑

1944 年，藤县有一位生于莲塘村的县长
这位县长叫何杞，他发动乡亲们建了一座纪念碑
坐落在莲塘村里，这碑就是督师袁公故里纪念碑
这一年，正值抗日战争最艰难的时刻
这纪念碑，既是莲塘村人对袁公崇焕的不息追忆
也是抗战艰难时候，国人对袁公精神的深情呼唤

这座丰碑矗立在莲塘村里，也矗立在人们的心里

而早在当年袁公含冤受死的时候，更有一位姓佘的

义士

在漆黑如墨的深夜，冒着被诛九族的危险

悲愤地偷抱回袁公孤悬在柴市口的头骨

埋葬在自家后园的菜地里，而且立下誓言

子孙世代不得为官，只为袁公守灵

这一守，就是 17 代人共 386 个年头

直到清朝的乾隆帝为袁崇焕平了反

佘义士为袁公秘密守灵才大白于天下

而守灵的佘氏，已度过了 152 年的光阴

袁公故里矗立的是一座有形的丰碑

义士的壮举则是一座无言的丰碑

这两座丰碑，长生在中华民族的精神家园

越年华而不老，生生不息

一批又一批的敬仰者，来到莲塘

瞻仰袁公的精神力量

2006 年从北京专程来到莲塘村的令狐安先生

就是这一批又一批人的一个

他现场挥毫的诗作《谒袁公故里》

也如这故里的丰碑 般

流露着莲塘村人的敬仰

也流露着所有人的敬仰

罗漫山，一座浪漫的山

天下第一吻

地老天荒的洪水，瞬间

湮灭所有的村庄、原野

缥缥缈缈的炊烟、熙熙攘攘的人声

在烟波浩渺里消失

只剩下，年纪轻轻的伏羲兄妹

在这湮没人类的洪荒之中

抬着倔强的头颅，相拥站立

这是血浓于水的人类亲情

这是抵御苦难的生命抗争

待到洪水散尽，沧海变回桑田

在这座幽静的山中，留下了

两尊相拥相亲的石人象

只是，亿万年的光阴变幻

当年兄妹之间的生死与共，变成了如今

人们眼里的天下一吻

让游人们去感悟

关于亲情、爱情以及生命本真的意义

四书五经

中国有一个温润的朝代叫宋朝

那是一个连空气都呢喃着歌唱的时代

于是《大学》《中庸》《论语》《孟子》成为四书

作为一种与青白瓷一样灿烂的文化符号

从中原的腹地漂洋过海去盛开

足以与秦皇齐名的汉武帝

则把《诗经》《尚书》《礼记》《周易》《春秋》

一语九鼎地定格，成了

历朝历代儒家弟子的核心书经

而藏在罗漫山里的九块岩壁

竟然石头开花，在年月里生长

成为精神宝库里的九部经典

一左一右地排列

如同四书五经

让游人们去读

那段晨昏的岁月，那段深邃的历史

这，不也是一种蕴藏着的浪漫

杜鹃映山红

本想，和你邂逅一场浪漫的花事

无奈，却错过了盛开的花期

热情浪漫的季节过去之后

在这凉意初沁的深秋

繁花落尽枝头

一切又回归了宁静的起点

只有青涩的叶子和挺直的枝杈

依然在诉说着曾经的漫山红遍

这是一点点失落呢

还是一点点惆怅呢

其实，人世间的许多事

就正如这花开花落

无所谓遗憾，也无所谓惆怅

因为

总有一些期冀，难以实现

总有一些心事，长眠在云烟

皇帝地坪

罗漫山是一座浪漫的山

因为，这座山中有秦始皇的皇帝殿

有王母娘娘赐下凡间的金童玉女

有古老而又神奇的传说

据说，那惟妙惟肖的接吻石

就是这对金童玉女的化身呢

只是如今

象征着皇权的皇帝宫殿早已坍塌

但这里的青山绿水还在、人间烟火还在
叫着皇帝地坪名字的山川还在
炊烟依然袅袅、生命一直延续
罗漫山，一座浪漫的山
就以这种特有的浪漫见证着浪漫

罗漫山的酒

罗漫山的酒香从古琴洞里飘出
散发着芬芳的浪漫
酒香里有甜甜的空气
弥漫着，在年复一年的岁月
把罗漫山人的生活
滋润得如痴如醉
藏酒的古琴洞很悠长
酿酒用的皇帝泉水叮咚作响
行走在这座叫罗漫山的山峰
品尝着这种叫罗漫山的美酒
随时随地流露出生活的舒闲和惬意
和浪漫的罗漫山相遇
和罗漫山浓烈的酒相遇
醉了的，绝对不仅仅是酒祖杜康
还有你我，以及所有到过的人

三益的味道

当砂糖橘遇上了沃柑

山坡还是那片山坡
田垌还是那条田垌
甚至，人还是那群人
当砂糖橘遇上了沃柑
沉寂了几千年的这面山、这条垌
在精准扶贫的声声号角中
不再沉寂
精准脱贫的产业种子
在这面山、这条垌生根、发芽
于是
沉寂了几千年的这面山、这垌田
便有了苍翠欲滴的颜色
在这个叫三益的村落
穿过了金色的季节

收获成甜蜜的味道
这种味道
飘洒在村庄的上空
芬芳在村民的心间
这是一种独特的味道
在 2020 年里
定格成为
一种叫三益的味道

三益的旧码头

长长的码头
是一截长长的符号
在这个靠水而居的村落
浓缩着曾经的过往
熙熙攘攘的繁杂人影
烙印在那段岁月
成为父辈及其父辈们
挥之不去的记忆
码头长长
记忆长长
只是
生活早已改变了模样
唯独不变的
是这长长的码头
依旧眺望着水的中央

一头连着亲近的村庄
一头连着遥远的海洋

三益的那条船

三益的那条船

伴随着这个叫三益的村落

在历史的年月里

驶来驶去

渐行渐远的帆影

迷蒙了

一代又一代三益人的视线

桨声汩汩

逐浪滔滔

三益的那条船

承载了一代又一代三益人的期冀

直到有一天

三益的那条船

悄无声息地离开了村庄

谁也不知道它究竟驶向了何方

只知道，光阴

过去了一天又一天

过去了一年又一年

三益的那条船

依然没有它的踪影

好在

献给故乡的诗行

三益的码头依旧还在
三益的港湾依旧还在
三益人心中的这条船呀
明天它一定还会回来

三益和郑彬昌

三益是一个靠水而居的村子
郑彬昌是一个与文为伍的作家
作家和三益
原本没有一丝的联系
当脱贫攻坚的号角吹起
当作家踏上了三益的土地
三益和郑彬昌便有了必然的联系
当三益遇到了作家
三益的阡陌便多了空灵的色彩
当作家遇到了三益
以及三益村里
刻骨铭心的生活
便深深地扎根在作家的心田
这是最贴近生活的一种原色
这种生活中的原色
或许
就是郑彬昌这位作家
今后的创作中
取之不竭的永恒母题

春游泗洲

环岛行

泗洲岛，与其说是一座岛
不如说是一条美人鱼，蛰伏
在这一湾风平浪静的浔江
两岸青山如黛，映在
这一湾碧绿的江中
愈发使泗洲显得如美人鱼般的静美
我们坐在生态环保的绿色电瓶车上
与泗洲这美如人鱼般的岛洲来一次肌肤相亲
感受泗洲的美丽
岛上的微风轻拂在我们的脸上
那柔柔的惬意
就如同是江中的美人鱼在抚摸着一般
我们从洲头沿着唐屋、石屋到洲尾一路游走
感知岛与水水乳交融的亲情

一路的风景，醉倒了所有的游人
也醉倒了坐在电瓶车上的我们
同行的几个音乐家老师忍不住纵情歌唱
《我和我的祖国》欢快的旋律飘荡在泗洲的原野
也飘荡在这绿水盈盈的一湾江面
这袅袅的炊烟、小小的村落，就如同眼前的泗洲
是我亲爱的祖国，以及每一寸山河
如同母亲博大的胸怀跳动的脉搏

烧　烤

一摊摊的炉火，燃起在泗洲
也燃起了平常的生活和家的气息
三年多来全球的新冠疫情
给了生活太多太多的改变
人类与疫情的抗争
我们经历了太多、太多
每一个街道都不容易
每一个村、组都不容易
每一个家庭都不容易
每一个人都不容易
当然，作为由一个个家组成而来的国也不容易
因为我们这个国家真的太大了，人口基数也太大了
各地的情况也不尽一样
但这三年我们过来了，大家都过来了
三年的疫情，让我们失去了很多、很多

三年的疫情，也让我们懂得了很多、很多

当一摊又一摊的炉火燃起

当烧烤的炊烟袅娜上空

当生活的烟火气息燃起不仅仅在泗洲

而是袅娜在城市的每一条街巷

我们为三年抗大疫的坚持而欢欣

我们为生在这个由家而成为国的国度而欢欣

我们为每一个人的坚持而欢欣

当烧烤的炉火燃起

燃起的是生活的本意

燃起的是我们坚持的胜利

让我们继续守护好抗疫的每一道防线

越过这最后的暮冬

迎接明天那一缕最灿烂的阳光

百年老屋

一座百年老屋屹立在泗洲

也在岁月宁静中细数着百年的风流

一块铭刻着进士的牌匾

高悬在老屋的门头

这是一位叫苏为的广西布政司朝官

为百年老屋的主人

一位叫唐有士的监生吉旦上寿的贺礼

苏为何许人也

而今泗洲岛上已没人说得清楚了

唐有士有何作为
泗洲岛的唐屋人只知道是他们宗支的祖上
但这一座富丽堂皇的百年老屋
这一块沐风栉雨的进士牌匾
肯定蕴藏着太多太多砥砺的往事
这些往事到了今天
是泗洲岛唐屋人挥之不去的记忆
或者说是精神灯塔里的其中一座
凝视着这座富丽堂皇的百年老屋
静听着一浪又一浪的涛声
我想
时间的印记洗去的只是岁月的风尘
但有一种维系从古到今从不间断
这就是精神的血脉
如同泗洲岛上的这座百年老屋
历久而弥新

桃 花

桃花夭夭，灼灼其华
泗洲岛上的桃花春风拂面
与美人鱼以及静碧如黛的水面氤氲相亲
在泗洲岛的洲头
当一摊又一摊烧烤的炊烟燃起
当一阵又一阵东方狮王铿锵的鼓点响起
当滑水水道里一道又一道的洁白浪花飘起

桃花就是一抹情愫
它不仅仅是爱情的见证
当然崔护的人面桃花，给了我们太多的想象
但桃花依旧笑春风却给了我们无限的惆怅
泗洲岛上的桃花
其实更多的是唐寅《桃花庵歌》的禅意
这些桃花，是泗洲岛人一直种下来的
更是以前的桃花仙人种下来的
在半醒半醉之间，在花开花落之间
在泗洲岛的一湾碧水之间
这种生活，不正是天上人间的生活
凝望着唐家的百年老屋
凝望着充满诗情画意的桃花
无论是崔护还是唐伯虎
他们的诗情和禅意
在这绿水盈盈的岛上
这里的桃花
是值得我们去认真领略一番的

献给故乡的诗行

泗洲岛让岁月静好

岛在江上浮

远古的一叶扁舟

漂漂游游

穿透晨昏的岁月

在这绿水泱泱的江面

酣然安睡

一觉便是千年

待到晨光升起

漂游的小舟

早已随风远去

只留下这湿漉漉的小岛

唤作泗洲

伴随着水鸟啁啾

在江水上盈盈地浮

让心去游行

负重的心境
在狭窄的空间生存
层层的包裹
使它窒息
它渴望破茧而出
去成就一段旁若无人的行程
却总难遇到那情那景
幸有这叫泗洲的小岛
在水一方
恰好煮一壶月光
让心栖息
在水波缥缈的沉香岁月
去旅行、旅行

人面桃花红

江水清清
浮岛轻盈
流年似水缱绻的情
桃木灼灼
桃花夭夭
染红一江碧水灿烂的笑
又是一年春来早

泗洲桃花岛
姑娘娇
桃花俏
了无心事
如许年华随春笑

青山庙，下俚歌

一堂庙会
一场社戏
唱着楚辞遗韵
将秦汉的风隋唐的月
飘过这片宽阔的江面
浸润着叫泗洲的小岛
不知不觉
已经千年

人会老
生死往复一代又一代
事境迁
曾经沧海成桑田
唯有青山常在水长流
唱着下俚歌
长在泗洲人的心头
月月又年年

都坡印象

诗人石语

石语姓邓，是一位诗人
是一位都坡村土生土长的诗人
但都坡村人不知道石语
他们只知道石语的本名
从很小很小的时候就知道了
但石语后来写诗，写了很多诗
有关于爱情的，有关于爱情的信物玫瑰的
也有很多关于少男少女心事的
有关于梧州的，有关于藤州的
当然也有很多是关于都坡的，关于姓邓的也不会少
但都坡的人们不知道石语
只知道石语写有的很多关于都坡村的诗
比如像都坡村的文笔塔、像都坡村的黄花风铃
以及，都坡村在翰墨里飘香的进士第

献给故乡的诗行

诗人石语的名字写在诗歌里，也写在《诗刊》里

也家喻户晓写在都坡村的诗里

但在都坡村，人们只知道石语关于都坡村的诗

但不知道石语是谁，不知道石语姓邓

不知道石语其实就是都坡村人

这就是诗歌的魅力

也是石语的魅力

更是都坡的魅力

诗人的魅力

文笔塔

都坡的文笔塔屹立在都坡村里

长成了一座塑像

光昭着日月

枕着屯江而眠的都坡村

邓姓的人们在这里繁衍、生息

耕读传家的思想世代相传

紫微山上，文昌阁的塔楼象征着都坡村的文脉

在四季的时光更替里重复着昨天的故事

点点滴滴，或平淡或传奇

在这依山傍水中，从古到今

书写着从容恬淡的文笔

嘉庆年间的文笔塔，承载着文昌帝君的才情

降落了紫微山，降落了都坡村

降落了屯江边上的邓家

便有了天、地、人的和谐发展

便有了文运兴盛、"鱼跃龙门"的故事

都坡村的邓国光在这里中了进士

作为同乡里荔枝村的卓偁、卓诚也中了进士

就连搬到了和平村的王敩成也中了进士

紫微山上的文笔塔呀

真的是宏开了一方的文运

以一柱擎天的神笔

蘸屯江水为墨

书写了一代又一代的都坡村人

烟村四五家、楼房七八座

浓淡相宜的水墨丹青

流芳溢彩

黄花风铃

都坡村的黄花风铃是另一场的风景

这种鲜艳的景色是对文笔塔的另一种渲染

这种春天的金黄

铺天盖地地播撒在都坡留村的山坡上

让都坡村有了一种古老的文笔塔以外的意境

这是一种春天的气息

是都坡村里生意盎然的味道

黄花风铃的鲜艳

是一种生活在泥土里喷薄出芬芳的颜色

是一种诗歌的生活原唱

黄花风铃花开了

都坡村的人会到这里来

和平街的人会到这里来

整个藤县的人会到这里来

周边方圆几十公里的人也会到这里来

来这里看黄花风铃的鲜艳

看这种鲜艳里蕴藏的意境

看都坡村里留村的山坡上独有的风情

黄花风铃是都坡村里一种生活的原色

也是诗人石语眼里一首新颖的诗

黄花风铃的景色是都坡村的景色

它鲜艳了人们的审美，也鲜艳了石语的诗情

我们期待着石语的又一首诗作

关于都坡村的现代景色

关于都坡村的黄花风铃

香水柠檬

一

一座深藏在山坳里的小山村
因为有了一片青青的柠檬林
这座山村的日子，便喧闹了起来
这片柠檬林叫香水柠檬
是山村里的一位叫春花的姑娘
去到省城读了整整四年书
再回到这座村子里种的
这种叫香水柠檬的柠檬树很青翠
结出的柠檬果有着香水般的芳香
弥漫在山村的天空中
与那些直刺蓝天的速生桉形成了鲜明的比照
种了十年速生桉的三伯爷怎么也弄不明白
好端端读了几年书的春花姑娘要再回到村里
种起这种村里人谁也不知道的柠檬

献给故乡的诗行

但香水柠檬的味道确实很香
不仅姑娘们喜欢，小伙子也很喜欢
三伯爷虽然嘴上不说，但内心也喜欢
村里的很多人跟着春花姑娘种了香水柠檬
三伯爷也暗地里思忖着，砍了这茬速生桉
是否也种上香水柠檬
三伯爷和春花在村里打了个照面
春花笑了笑，三伯爷也笑了笑
但春花没有说话
三伯爷也没有说话

二

香水柠檬卖得很火，真的很火
因为，春花在村里的柠檬场，开了个直播带货
挂在树上的柠檬果，连同那香水的芬芳
便通过网络传到了四面八方
直播间里，春花忙不过来了
村里的秋月姑娘便加了进来
就连春花读书时形影不离的闺蜜莲花也加了进来
种了大半辈子速生桉的二伯爷听说了这件事
但三伯爷断断不相信
姑娘们坐在小房子里就能卖了好价钱
三伯爷小心翼翼地踮起脚
在春花直播间的门前探着头往里看
只见春花、秋月她们对着手机屏幕叽叽喳喳地嚷嚷

三伯爷忍不住地把自己的手机也拿出来比画了一番
却怎么也弄不出春花她们的那个声音
三伯爷不明白，大家都是在山上种
三伯爷的速生桉就要拉到贵港去
然后一家一家地去问价钱
而春花她们种的香水柠檬
偏偏就在村子里坐着便卖了个精光
而且卖的都是好价钱
三伯爷打心里羡慕春花她们
也在暗暗思忖着，啥时候
咱也像春花她们这样搞搞这个新意思

三

村里的香水柠檬种得越来越多了
怪不得这香气一阵比一阵更浓，浓到
三伯爷走在自家种植速生桉的山上也闻得到
三伯爷的速生桉哟，孤零零地长在一片山上
周围的山坡上都换成了香水柠檬
三伯爷的速生桉很孤独，三伯爷也越发感到孤独
在这些熟悉的山坡上
到处都是春花她们的香水柠檬合作社
春花靠种植香水柠檬发达了
乡亲们跟着春花她们种植香水柠檬也发达了
只剩下三伯爷，孤零零的
就像山里的速生桉一样

依然没有什么大的起色
三伯爷不甘心
原先自己在村里最先富起来咋就拉下了呢
就连春花这小丫头也比不过了
三伯爷在种植了很多年速生桉的山上
思忖来思忖去
他想撂下了这把老脸
去和春花她们聊一聊
看看什么时候砍了速生桉
也换了这香水柠檬
让咱也好好地香上一回

六练山，一场仙人的对话

六练顶

这是一座山峰的坐标

这个坐标在六练顶，海拔 844.1 米

六练山里终年岚气缭绕，住着仙人

仙人究竟有了多少岁

仙人又究竟长着一副怎样的容颜

我没有见过、我爸没有见过、我爷爷没有见过

我爷爷的爷爷说他的爷爷也没有见过

这里长着的山茶花很香、很香

香到在六练山脚下很远的地方都能闻到

这里长着很多、很多叫不出名字的野果

野果的味道很好，好到你吃过了就不会忘记

我喜欢六练山，我喜欢这里的空气

我喜欢这些叫不出名字的野果的味道

更喜欢在六练山里住了千年万年的仙人

献给故乡的诗行

我想见一见他（她），我想和他（她）来一场仙人对话

虽然他（她）没有见我爸、没有见我爷爷

也没有见我爷爷的爷爷的爷爷

站在高高的六练顶上，我知道仙人一定能看到我

就是不知道，我想见一见他（她）

他（她）能见我吗

因为，我想和他（她）聊一聊

时间又过去了许多年，人间早已沧桑

天上的仙阁呢，是否还是原来的模样

茶　仙

六练山上有茶仙，而且

还有着几位之多呢

岚岚的雾气里

长了百年千年的原种野生茶

终于羽化成仙，成了

六练山里令人魂牵梦绕的茶仙

六练山的茶树很奇妙、味道很甜

有着神仙的气息

为我们带路的江伯七十多岁了，还健步如飞

江伯说，他饮的是六练山茶、他九十多岁的爸爸饮的是六练山茶

他家里一百零六岁的爷爷饮的还是六练山茶

江伯说，六练山里住着的仙人呢

饮的应该也是这六练山茶吧
六练山的千年古茶树有多少
六练山一百几十年的中茶林又有多少
就是六练山里人，也还真的说不准呢
因为，寻六练山的野生茶林，是可遇而不可求的
更不要说寻到那几位茶仙了
但是，如果去了六练山
就是真的寻不到那几位茶仙
起码要寻一寻千年茶树中的一棵
否则
那就真的、真的是遗憾了呢

仙人洞

六练山上住着仙人
仙人在六练山上住了千年住了万年
大黎人没有见过、宁康人没有见过
到六练山去的人也没有见过
但仙人们住过的山洞江伯见过、我也见过
这是一个宽阔的岩洞
洞壁上有青苔、岩洞里有长凳石椅
江伯说，这是过去仙人们在这里生活的用具
只是千万年过去，这些仙人们现在又去了哪里呢
六练山依然巍峨、野果依然飘香
那些洁白的山茶花依然年年开放
六练山依然年年如许

我想，到六练山去
寻一寻茶仙，期望见到长发飘飘的仙人
这无疑是千年修来的福分了
但如果一下子没有寻到
只寻着这仙人住过的岩洞
这，不也是一种难得的缘分么

羊　场

有人说，六练山上的羊是六练山的精灵
羊场，就在六练山的半山腰里
这里也是常年岚气袅袅、花果飘香
江伯说，这羊场是胜强的首创
六练山上本没有羊场
胜强在这里养了二十几年羊
六练山的这片山便成了羊场
六练山呵，不仅有仙人居住
它宽阔的胸怀，同样也欢迎着羊场里的精灵
现在，二十多年过去
胜强的羊场养了一茬又一茬的羊
我不知道，胜强在这六练山中的二十多年
有没有遇到过六练山的仙人
又见到过几回千年的茶仙
但我知道，胜强就是因为有了这羊场
生活就过得比天上的神仙们还要滋润
当然，过着滋润生活的

远远不止是胜强，还有
许许多多六练山的大黎人、宁康人

猴王望月

这是一片山坡，左边一个山岗
右边也是一个山岗
江伯说，这地方叫猴王望月
我只听说六练山上住着仙人
想不到还有猴王静静地卧在这里
听六练山的林涛、望六练山的圆月
有猴王就必须有猴群吧
这样胜强养的山羊不就更有伴了吗
是呵，六练山中住着仙人
那这猴王岂不也是天阁中的仙物
这六练山啊，真的是神奇
有仙人、也有灵猴
我想，这月夜里的猴王
莫不是在守候那六练山中的仙人
又或者，这仙人就恰恰是灵猴的主人吧

献给故乡的诗行

有一片天空在宁康

永远的黄五公

黄五公走了，他在 1932 年走了
屈指算来，黄五公已走了整整 90 个年头
所有的宁康人都知道黄五公
但只知道他是湖南人，是走路来到宁康的
他到宁康来
是为了给宁康人治一种叫牛痘、天花的病
但所有人又不认识黄五公
因为黄五公没有留下名字
没有人知道黄五公叫什么名
只知道那些可怕的牛痘和天花
就是这个叫黄五公的湖南人治好的
黄五公走路来到宁康，他一共来过多少回
没有人记得清楚，人们只知道
只要那些可怕的牛痘、天花流行的时候

黄五公就会到来，他走遍宁康的村村峒峒
专门医治这些疾病
黄五公治好了多少人的牛痘和天花
也没有人记得清楚，人们只记得
这些病都是黄五公治好的
黄五公治病从不讲价钱、不论日夜、不计寒暑
他有求必应，一次又一次来回于宁康
一次又一次地为宁康人治病，黄五公也许真的累了
就在他 70 岁那年，他在永泰村峒排的路旁打了
个盹
累了的黄五公，睡着了就再也没有醒来
从湖南走来的黄五公，为宁康人治病的黄五公
在宁康永泰村的路旁永远地睡着了
他的魂魄融入了宁康的土地，融进了宁康的天空
宁康人在永泰村里埋葬了黄五公，为他立了碑
虽然墓碑上没有名字
但所有的宁康人，子子孙孙都记住了黄五公
黄五公墓地上几十年来从不熄灭的香火就是证明
黄五公祀庙里几十年来络绎不绝的瞻仰就是证明

大界的茶仙庙

大界是宁康大山深处的大界
大界的茶仙庙是茶仙的庙
大界是野生茶树的故乡
这些野生茶树呢，就生长在大界的云雾深处

遇上了茶仙，是大界人祖先的福分

茶仙把茶引种在了大界，芳香了这一片土地

也滋养了一代又一代的大界人

大界人也把茶仙祀在了大界的庙里

祖祖辈辈世代敬仰

大界的这一片天空啊，因为有了茶仙

有了几百株云雾深处的古茶树

有了大界茶叶产业基地的新茶园

大山深处的大界就一直山青水碧

大界里的茶仙呢，也会越来越多

因为，大界铺满山峦的新茶园会越来越多

这些新茶园里的茶树长起来了

在仙境一般大界里

就会成为新一代的茶仙

只要大界大山深处的古茶树在

只要大界铺满山峦的新茶园在

大界的茶仙呵，就一定会在

春权的五指山

春权的五指山是　座巍峨的大山

这座大山的五条山脉

翠绿在宁康都邦村的那片天空，分外妖娆

都邦村的五指山因为有了春权

便有了一种叫作五指山油茶的茶

这种茶同样芬芳着都邦村的岁月

春权在五指山上种了五年油茶
种了五年油茶的五指山翠绿了五条山脉
春权说，他不但要在五指山上种满油茶
他还要带领村里的其他乡亲也种上油茶
让村里所有的山脉都成为五指山
一样的青葱翠绿，一样的馥郁芬芳
五指山是都邦村的，五指山也是春权的
春权因为有了五指山
成了地地道道的山里人
五指山呢，因为有了春权
从此便芳香四射、流光溢彩

有一座村庄叫永泰

永泰村是一座古老的村庄
永泰村是一座瑶族人聚居的村庄
永泰村是一座有着说不完故事的村庄
瑶族的祖先们一路走来
最终在永泰村里落了脚
迁徙的路上有多少传奇
瑶族同胞的衣衫上就有多少道褶皱
永泰村有多古老，村头的老榕树就有多古老
不知道名字的游医黄五公
多少次从湖南来到宁康
又多少次在永泰村里停留、居住
直至溘然逝去

　　　　献给故乡的诗行

走进永泰村去，社山坪里

长了千年、百年的香樟树依然清香芬芳

走进永泰村去，社垌坡上

古老的堂屋依然在诉说着父慈子孝、兄友弟恭

走进永泰村去

瑶族的长鼓仍然在敲响，竹竿舞的节拍照样热烈

在宁康这片蔚蓝的天空下，有一座叫永泰的村庄

在这里，周氏家训仍然传唱着历史的声音

在这里，民族团结的歌谣奏响着永泰的唱法

在宁康这片蔚蓝的天空下，有一座叫永泰的村庄

在这里，当年的黄五公值得你永远去怀念

在这里，祈福山庄的民俗风俗值得你一一去体验

在这里，永泰的一草一木都值得你永远去留恋

在藤州凝望永州

潇湘驿

潇水和湘水在这里交汇

形成了一个码头

影影绰绰的人群

在这里憩息，然后再起步

走向更远的远方

柳宗元从遥远的京都来到这里

一住便是十年

永州的刺史啊，留下的千古文章

光耀了整个永州

那篇《捕蛇者说》，不但印在我们语文课本里

也深深地镌刻在我们这一代人的脑海里

湘水连接到了八桂，踏上了潇湘驿的码头

南下的中原人走向了更远的远方

走向了广南西路，当然

也有一些人走到了古老的藤州

在这里繁衍、生息

历史上人类的一次又一次迁徙

在岭南播撒了一片又一片文明的种子

潇湘驿，镶嵌着那段特定的岁月

长留在岭南的历史

我从古老的藤州来到同样古老的永州

凝望着这座潇湘二水交汇处古老的驿站

仿佛看到了我的祖先

在这里，随着熙熙攘攘的人群

又迈开了继续南迁的脚步

唐叟钓矶

盛唐时期的永州

想必也是和大唐一样富足而典雅的

不然当时的唐叟

为什么会隐居在这高高的二十四矶

以钓鱼为乐呢

唐朝的唐叟载入了《零陵县志》

一代高人便镌刻在了永州的历史

这一条二十四矶的溪水

也因为唐叟高士的隐居成了高溪

从古至今，川流不息

这一条叫高溪的溪流

因为唐叟的垂钓

因为莹心堂、高风亭的建造
烙印了唐宋的风采
以"晚月黄犹暖，寒江白更清"的景色
成为永州一段无法抹去的风景
让人们去品读，隐藏在这其中的
那份恬淡和与世无争的从容

舜帝与梧州、藤州、永州

零陵的九嶷山和梧州的白云山、藤州的挂榜山
是岭南三座不同方位的山
但都有着一条共同的脉络
那就是都留下了舜帝南巡的足迹
正因为有了舜帝的南巡
从而使九嶷山、白云山、挂榜山连在了一起
成为不同三地紧密相牵的山
舜帝无疑是华夏文明史上一位有作为的帝君
他的巡狩之行
虽然经历了千辛万苦，也开拓了华夏的疆土
将中原农耕文明的火种播撒在岭南大地
南巡的舜帝，到了岭南很多的地方
到了古苍梧，到了古藤州，也到了古永州
《史记·本纪》里的记述留存在浩浩中华的历史
苏东坡吟咏藤州的诗章留存在我们的记忆
同属岭南的苍梧郡、零陵郡有了舜帝的巡狩
有了太史公崩于"苍梧之野"、葬于"零陵九嶷"

的记载

有了苏东坡在藤州"我行忽至舜所藏"的吟咏

便把舜帝南巡的故事写满了白云山、挂榜山、九
嶷山

而舜帝以德为先、施教化、重农桑的思想

也深深地植入了梧州、藤州、永州温润的泥土地

使得这里从此山青水绿，花开满地

那芬芳的气息，穿越年月

从古到今，永不衰竭

在南丹和你相遇

红日和他的《请君入席》

和你相遇，和南丹的再次相遇
是因为红日，因为红日的《请君入席》
《请君入席》无疑是桂西北的一顿丰盛大餐，当然
也是广西的一顿丰盛大餐
在这席盛大的鸿宴里，红日把
牛系列、龙棒、鱼怪、地羊+、羊酱、半边肠，以及
长席宴、千叟宴统统的都给人们端了上来
林林总总，却处处触目惊心
入席是有讲究的，当然吃法也是有讲究的
而更有讲究的，是在原创版的小说月报里未曾载的
当然，这也是红日说的

献给故乡的诗行

宋先周和丹泉的酒

南丹有酒不假，南丹有好酒更不假
我酿的酒喝不醉我自己，这不单是王琪唱的
更是丹泉的宋先周说的
在南丹，我和你相遇
我见证了南丹的洞大酒海、见证了南丹的丹泉醇香
我和你开怀畅饮了多少杯? 我没有计量、你也没有
计量
但丹泉的酒确实如你说的，不醉人
和你在南丹相遇，我真的相信
你酿的酒喝不醉你自己，
当然，也喝不醉
所有的客人

何建军和他的吉他

一个叫何建军的流浪诗人
一个来自王尚的白裤瑶小伙
真的，是音乐的一个传奇
这种传奇，在歌娅思谷的火塘边飘逸
何建军用歌者低沉婉转的缠绵
伴和着吉他的弹奏，把白裤瑶的风情
在《细话歌》里书写，如痴如醉
醉的岂止是年街节上万人篝火的晚会

也醉了我们，醉了这些为了南丹而来的客人
因为有了你的歌唱，有了你的吉他声
便喜欢上了南丹，喜欢上了
这块生活着白裤瑶的地方

歌娅思谷之夜的舞蹈

歌娅思谷的夜是充满野性的
歌娅思谷的舞蹈也是充满野性的，野性得
如同是歌娅思谷的旷野
就在这个充满野性的夜晚，在歌娅思谷
一场舞蹈如期而至，有白裤瑶的细歌
有瑶家妹子百褶裙的飞舞，更有
瑶家巫师踩犁头、过火海的惊心动魄
歌娅思谷的舞蹈
就是这样的情深款款、神秘莫测
歌娅思谷的夜是令人难忘的
歌娅思谷的舞蹈也是令人难忘的
难忘得，你来了就不再想走

我的兄弟叫卫东

卫东是我的兄弟，当然
这绝不仅仅是本家姓
这种兄弟的情是渗透到骨子里的
是缘于对文学的心灵相通

是文字对文字的碰撞，还有
同样是对酒的情有独钟
和你相遇，兄弟一起，岂能无酒
何况是在南丹，本身就是酒的国度
于是乎，兄弟间你一杯、我一杯
当然，还要谈谈《南丹文学》、谈谈《紫藤》
也谈谈《红豆》中的《鱼龙七诀》
这就叫作一见如故，说真的
卫东，真的是我的兄弟

致敬荔波

致敬邓恩铭的故乡

敬仰你，我来到了水族的荔波
寻觅，你那段生命的轨迹
屋旁的老榕树依然茂盛
深深地扎根，在你家乡的土地
水族的荔波虽然偏僻
但探求真理的路径却不偏僻
缭绕风烟，你从荔波的水浦走出
走过黎明关、走过梧州、走过广州
一直走，走到胶州的半岛，终于
走到了上海，走到了
游动在南湖上的红船
走在荔波的街道，我仿佛看见
你坚定的足迹，一行行
穿过岁月，依然那样清晰

献给故乡的诗行

三十一年的生命之光
不但照耀着荔波，也照耀着
这片叫中国的土地
敬仰先烈，因为先烈的坚贞
盛开了理想的花朵
致敬荔波，因为荔波
是邓恩铭的故乡

致敬大、小七孔

大七孔、小七孔，其实
就是两座桥，两座普通的桥
但因为建在了孟塘、响水两条河
就变得了很不普通
这一大一小的七个孔
不单单建在两条河之上
还建在，荔波人们的心中
长成，一段不老的传说
走进大七孔、小七孔
眼睛是翠绿的、空气是明净的
就连流水的声音都是明净的
不知道是孟塘、响水的河
成就了大、小七孔，还是
大、小七孔成就了孟塘、响水的河
只知道，只要来到了荔波
就必须要来大、小七孔

不然，你就不算
真的来了荔波

致敬拉片

在荔波，有一个寨子叫拉片
拉片，生长在大山的深处
寨子里，有高高的粘膏树
伴和着这个寨子，一起成长
粘膏树挺拔而坚韧，像村子里生活的民族
高高的牛角雕塑，也矗立在寨子
浓郁着虔诚的图腾气息，成为
这个叫拉片的特有原色
拉片、拉片，拉片真的很古老
古老得你不知道它究竟有多古老
走在这个隐秘的村寨
你会回忆起大、小七孔
回忆起荔波的很多、很多
但是，如果你到了荔波
而没有到拉片、没有看到牛角的图腾
同样的
你也没算
真的来了荔波

此心安处是吾乡

——感知黄姚

真武山与龙麟台

一个偶然的机会，我们住进了
一个叫龙麟台的客栈
这个客栈在黄姚、在真武山的脚下
我们到黄姚去，是为了感知黄姚
感知，那座山水人居、天人合一
让人心安归处的故乡
真武山是一座神山，是黄姚人心目中的偶像
也是所有到黄姚去的人心中的偶像
走在黄姚的街上
无论是鲤鱼街、安乐街、金德街、迎秀街
抑或是黄姚的古戏台、还是意象万千的农趣园
你都会不由自主地瞩目真武山、敬仰真武山
龙麟台，一间百年的黄姚老屋

就这样地造天设般与真武山浑然一体
因为心安归处的缘故，一个叫易博的外乡人
来到了黄姚，来到了真武山的脚下
重修了这间百年老屋
以一种龙隐深山的恬淡静谧，成就了这家叫龙麟台
的客栈
其实，龙麟台就是一家民宿
但又不是简单的民宿
龙麟台的内涵，蕴藏着黄姚的真意
蕴藏着真武山的真意，也蕴藏着龙隐故里的真意
我们在深秋时节住进黄姚的龙麟台
沉浸在深秋黄姚的山与水之间，用心去感知心中的
黄姚
以及龙麟台的主人易博对黄姚的念想
感知龙隐故里的禅意，也是一种别样的心醉
心醉里，有生命中氤氲的氧
还有一抹，在黄姚深秋里挥之不去的鹅黄

永远也别不了的黄姚

宝珠山下的旧村庄，一湾清浅的小河
在岁月里潺潺流淌
柴门草屋，落日余晖的斜影，仿佛还能看到
抗战当年疏散到黄姚的文化人颠沛流离的背影
张锡昌先生住在哪里？欧阳予倩先生住在哪里？
千家驹先生住在哪里？这一间背山面水的小草屋呵

献给故乡的诗行

一定是高士其先生当年住过的了
因为，他当年离开黄姚时《别了，黄姚》的诗章
描摹了这里的小桥流水，描摹了这里的炊烟捣衣
描摹了这里那段颠沛流离中的淡泊宁静
我们仿佛还能听到
在迎秀街上，在鲤鱼街上、在安乐街上
这些文化名人们在石板路上的谈笑风生
高士其先生的《别了，黄姚》记录了这段特定的
岁月
记录了黄姚这位在乱世间中爱人特有的情怀
这段岁月是不能够忘记的
但抗日战争胜利了，我们得回去
别了，黄姚，别了的，是那段特定的岁月
那是疏散人滴落的泪珠
但那旧村庄永远也住不厌、小草屋永远在温暖
石板路上的印痕永远也不会磨灭
淡泊自然的山水、心安归处的家乡
恰恰就在这黄姚，在这鱼鳞式的屋檐下
在你我的心中，永远也别不了的
恰恰就是这黄姚

素心忆栈里的子超

其实，我并不认识子超
但我很早就知道了素心忆栈
这家融入在黄姚夜色里的民宿

在这家民宿里，有棉花包裹着般的温柔

有行走在路上的独立思考、店小而温馨

我喜欢这家民宿，是因为它有着家的温暖

是一个行走中的文学青年在黄姚心的归宿

还因为我有好几个文朋诗友，他们走进黄姚时

都曾在这素心忆栈里抬头望月、笑听水声

是他们向我传递了在黄姚的山水里

素心忆栈是一首诗的隽永、歌的赞叹

于是，我知道了子超

知道了这个十四年前行走路上的青年

在黄姚心安的归处

但我并没有认识子超

我是真的、真的想在忆栈里住上一晚

和子超谈一谈独立行走的空间、谈一谈诗和远方

谈一谈素心忆栈的过往

当然，也要谈一谈功勋老店舒馨忆栈的温馨记忆

走在天然街条石斑驳的石板路上

黄姚的夜色依然那样美好

经历了一场世纪的大疫之后

素心忆栈依然在那里，恬静而温馨

我们在夜色黄姚的街上行走

分明感受到了隐隐而来的暖意

就在这种暖意里

我们不期而遇地从素心忆栈的门前走过

可是夜色已深，我们没有和子超不期而遇

但我们记住了素心忆栈

记住了心怀梦想的子超
记住了夜色中黄姚的暖意
记住了心安的归处

王剑冰与时光里的黄姚

黄姚是需要感知的
黄姚的山水是需要感知的
黄姚的深宅大院、百年老屋是需要感知的
纷飞在姚江上的水鸟，以及
古戏台上一招一式的表演同样是需要感知的
穿越了千年，时光里的黄姚需要你去感知
同样，时光里的黄姚是可以感知的
这种感知，需要你到黄姚，到这座时光里的小镇
去经历和领略，收获那种不可名状的喜悦
当然，如果你确实没有时间，一下子不能到黄姚
那也不要紧，黄姚还是可以感知的
这就要感谢王剑冰和他的《时光里的黄姚》了
透过王剑冰《时光里的黄姚》
你一样可以触摸黄姚、感知黄姚
在《时光里的黄姚》里
你一样可以感念黄姚乡间的情怀、品味乡愁的深远
一样可以在姚江水里照见迷离的双眼、似曾相识的
背影
在黄姚的古街上，提一盏青灯和曾经过往的行人一
起喧闹

甚至，可以邀来李白，在月光下对饮

邀来苏东坡，再聊一聊《定风波》里那个叫柔奴的寓娘

试问岭南应不好，却道：此心安处是吾乡

黄姚呵黄姚，你真的是心的故乡

你在山水里、你在月光上、你在游子行人的心中

更在王剑冰书写黄姚一笔一画的时光里

时光里的黄姚

是祖祖辈辈黄姚人心安的归处

是游历山水行者心安的归处

是所有到过黄姚的旅行人心安的归处

　献给故乡的诗行

在安化品味茶香

安化茶厂

建于 1891 年的安化茶厂
应该说是安化黑茶中最绵长味道
走在茶厂里新旧建筑错落交替的厂区
我们闻到了芬芳的茶香
那是安化黑茶纯真的味道
闻着这种熟悉的茶香
我竟想起了梧州茶厂的六堡茶
这两间同属"中茶"的茶厂啊
它们的起源和工艺是何等的相似
走在保存完好的清代手工制作茶叶的作坊
走在规模化标准化生产的现代车间
安化黑茶今日的华丽蜕变
让我们看到了安化黑茶的纯真本色
看到这种茶从古到今变和不变的颜色

看到了一种制作工艺一脉相传的维系
在安化茶厂里，闻着黑茶的茶香
我仿佛品到了故乡的味道
那种芬芳
弥漫在心间、弥漫在肺腑
长久不息

茶马古道

梅山十峒，有一条古道
穿过了岩江、穿过了关山峡谷、穿过了洞市老街
也穿过了黄沙坪的古茶市
一直向山外走去
古道很窄，但古道悠长
一队又一队的马帮，一筐又一筐的黑茶
穿过这条古道
得得的马蹄声，成为梅山的一道风景
惊艳了这里的崇山峻岭
茶马古道，孕育了一队又一队的马帮人
也孕育了这里原来叫梅山的安化黑茶
我不知道茶马古道的马帮是在哪条江的码头上装
船的
但这条狭窄悠长的古道上一定充满了很多的故事和
传奇
把安化黑茶和梅山文化的内核
一代又一代地传扬

茶香作为中华民族一种独特的芳香
茶马古道和茶船古道是它最初外溢的形式
站在梅山里关山上悠长的峡谷
凝望着江水浩渺的岩江和资江
我仿佛看到了远在千里之外的六堡河
一条又一条装满六堡茶的竹排
在一篙又一篙的水声中向外漂游
散发的茶香，如同这条关山峡谷的味道
香飘万里

茶乡花海

在安化，走进茶乡花海
无疑，这是一片茶的海洋、花的海洋
98 座相连的山头，2500 亩的青山绿水
以青青的茶林为底色、以五颜六色的鲜花四季为伴
织成了一片茶的海洋、花的海洋
在这一片海洋中，一种芬芳的味道
弥漫肺腑
安化的黑茶在安化的山里种植了千年
最初的茶叶是谁种的呢
这一片青青的芳香叶子
经过了杀青、初揉、渥堆、干燥的几道程序
最终成了安化黑茶，传承千年
眼前的连绵起伏的茶乡花海
无疑是一片新的茶园

这片茶园，是一位安化在外地创业成功人士的杰作

他把在外地奋斗大半生的收获带回了家乡

在安化的这一片连绵的山上

种上了茶叶、种上了鲜花

他要把安化这种大叶种茶特有的芳香

继续在这片土地上弥漫

他要让这片土地上的孩子一年四季都闻到鲜花的
芳香

这是安化人的一种执着

也是安化黑茶的执着

走在安化的茶乡花海

我不禁想起了六堡茶的山坪村

想起了梧州的摩天茶园、藤县的云边茶海和谷山
翠叠

两种既同根同源又不同品味的茶香

它们又是何其的相似

正是有了一代又一代不同茶人的赓续守候

才成就了不老的"千两茶"、成就了"世界茶王"

成就了千年的安化和"安化黑茶"

这就是茶乡花海的内核

在青神，联想青衣的模样

青衣与青神

天府之国的古蜀王蚕丛氏
着青衣教民农桑，民皆神之
青衣的颜色与满地桑麻的颜色
相互辉映，耀目了那个遥远的年代
岷江的胸怀宽阔，思蒙河的水声也很有情
我们仿佛看见了一袭又一袭着青衣的女子
掠过了岷江，掠过了思蒙河
让我们想象那个曾经的年代，少有的繁荣与富足
青衣羽化成神，孕育了青神这一方水土
那一行又一行挺直青翠的竹子
布满了这里的山坡、河岸以及道路的两旁
那翠绿的模样，依然是着青衣的颜色
青衣与青神，不管是古代蜀王的桑丛氏
还是今朝的中国竹编艺术之乡

不变的颜色，依然是如青衣般的翠绿

在这一方叫作青神的县域

我敬仰，着青衣的蚕丛氏

我敬仰，这一片从古到今不变的

青翠颜色

竹里巷子

在青神，我们住进了竹里巷子的竹里院子

在竹里巷子，我们呼吸的空气也是青翠的

这个村叫兰沟村，是中国竹编第一村

在村里，我们和竹编艺术大师陈云华不期而遇

在陈大师的竹编艺术工作室里

见证了兰沟村里竹编史上的奇迹，和艺术中的艺术

见证了《隐形观音》《簪花仕女图》《清明上河图》

《富春山居图》的巧夺天工

见证了以竹为美的竹编文化、民俗文化、饮食文化

的多彩与神奇

走在竹里巷子，这是一场文化与民俗的行走

行走的每一个脚印里

都浸满了翠竹的清凉和青衣的颜色

这条巷子是我们走过的巷子中少有的巷子

因为巷子就是兰沟村，兰沟村就是巷子

从青衣到青神，兰沟村一直没有变

巷子也一直没有变

竹子的清香依然飘溢在这里

献给故乡的诗行

独一无二的竹编技艺依然传承在这里
走在这条叫兰沟村又叫竹里巷子的巷子
恬淡和幽静是随处可以捉摸的
愉悦和甜美是无法用语言表达的
因为，这里竹子的清香永远也闻不够
因为，这里竹编的艺术永远也看不够

中岩寺

在青神，沿着青衣的履痕拾级而上
我们登上钟灵毓秀的中岩寺
在一株又一株的桫椤与银杏之间，凝望
当年那个叫苏轼的少年郎俊俏的身影
透过眼前的青峰冥壑、竹树朦胧，在云纱缭绕之间
我们依然听到了年少时苏轼读书的声音
在王方的门下，在这座青峰里的中岩书院
自然不会只有苏轼一个学生，但我所钟爱的
偏偏就是这个叫苏轼，后来又叫作苏东坡的北宋大
词人
在中岩书院，我们不但聆听少年东坡读书的声音
还努力去冥想那位叫王方的教书先生的模样，以及
他们师生之间如海的恩情
至于那场山光水色中"投笺荐名"的盛事
那个叫"唤鱼池"的由来
见证的不仅仅是王方与苏轼师生之间的心有灵犀
更是少年苏东坡与少女王弗之间春心的萌动

千古的佳话，将这一场恬静而又浪漫的恋情
在这里回响了千年百年
从青衣到青神，走在这座青翠欲滴的中岩
透过月印波心、翠竹穿溪、流泉响石
我们体会了，历史上那一段美妙的时刻
那一场刻骨铭心的千古爱恋，以及
苏东坡年少时敏锐聪慧的精神发轫

苏东坡与古藤州

为了追寻东坡先生的足迹
我们从千里之外的古藤州来到了眉山青州
来到了着青衣教民蚕桑的青神
来到了苏东坡年少时读书的中岩书院
去触摸"宁可食无肉，不可居无竹"的涵义
东坡先生对竹的钟爱，想必是与青神的缘分
也是古藤州的缘分，因为少年时代的苏轼
在青神快乐的时光，成就了一段千古爱恋
晚年时期的苏东坡，从京城到杭州沿长江过西江到
达藤州
而且不止一次，在藤州的开怀畅饮中感受了这里的
人文温暖
这就是东坡先生与藤州的缘分了
古藤州山坡上一丛丛的翠竹，绝对是东坡先生所钟
爱的
北流河、思罗河两岸随风摇曳的竹林，绝对是东坡

先生所钟爱的

　　东坡先生从容州乘着竹筏，和邵道士一起沿着思罗
河顺流而下

　　那凤尾森森的绿意

　　一定会使他想起，想起在岷江边上的思蒙河

　　想起，从青衣到青神的青青翠竹

　　眉山的青州、广西的藤州，以及

　　这岷江与思蒙河、西江与思罗河

　　就因为东坡先生的缘故，使它们紧密相连

　　古老的藤州与眉州虽然山长水远

　　但却是充满着情意的，在这里

　　东坡先生与苏辙的兄弟相会可以作证

　　藤州人民永远缅怀的东坡亭可以作证

　　传唱在藤州大地上声声不息的东坡诗词可以作证

● ● ○　第三辑

西江情韵

秦汉的月
唐宋的风
何时落在你江中
青山的青
红豆的红
何时醉在你怀中

岭南的魂
珠江的韵
牵着海上丝路的梦
巨龙的神
龙母的情
始终都在你梦中

我唱西江月
我吟西江风
西江是我最美的景

献给故乡的诗行

西江给我最甜的梦
西江扬起远航的帆
西江流出璀璨的虹

山水梧州

珠山翠、蝶山翠

山色苍翠惹人醉

望一眼骑楼映秀水

春江泛舟又一回

煮一壶茗茶，岁月无悔

追逐梦想不言累

海纳百川汇大海

力争上游奋力催

桂江水、西江水

春江潮涌堆连堆

看满目春江惹人醉

如诗如画梦几回

听一支粤曲，痴痴如醉

复兴梦想最纯粹

海纳百川汇大海

力争上游奋力催

　　　　献给故乡的诗行

啊，梧州
你是山和水的绝配
你是诗与画的交汇
你是我依依不舍的追随
你是我魂牵梦绕的心醉

诗词歌赋翰墨香

云山叠翠，秀水流觞
鸳鸯竞秀，碧波荡漾
诗词之乡歌赋迸扬
前进的脚步坚定铿锵
诗歌流淌翰墨韵
词赋歌颂文明彰
我们在诗词里纵情歌唱
只争朝夕春光里
不负韶华著文章

粤语白话，雅楚遗香
骑楼老街，商埠久长
诗词之乡万千华章
远航的风帆高高飘扬
诗歌写尽山河美
词赋吟遍岁月长
我们在诗词里赞美家乡

　　　　　献给故乡的诗行

只争朝夕春光里

不负韶华著文章

爱与你同行

这是一群人

聚是一团火

散是满天星

你的力量我的力量

汇聚一起

撑一盏明灯

照亮你前行的脚步

这是一颗心

如温暖阳光

默默地付出

只为花蕾的含苞待放

月月年年

不求回报

唯愿你生命里桃李芬芳

献给故乡的诗行

风自故乡来

一轮秦汉的明月去了去了又回
唐宋的风总是接连地吹
有种图腾的记忆叫作永不褪色
那是龙母不变的情怀
我看见了今日的藤州再现辉煌的风采
你敞开了胸怀拥抱这个崭新的时代
我怎能忘记故乡的呼唤
我知道故乡藤州天天在发展
一天一天在改变
我知道故乡藤州天天在发展
故乡新貌在眼前
龙腾狮舞让人迷恋
那东方狮王一跃舞呀舞起来
故乡走进新时代

一江北流的秀水去了去了又回
故乡的情总是让人醉

有种文脉的传承叫作千年不变

那是紫藤花开的芳香

我看见了当年的冯京依旧绚丽的华彩

你高洁的情怀温暖了一代又一代的人生

我记住乡愁乡愁是藤州

我知道故乡藤州天天换新颜

一天一个新容颜

我知道故乡藤州天天换新颜

故乡新貌在涌现

好山好水让人陶醉

那美丽山水景色看呀看不够

故乡明天更锦绣

藤州、藤州

秦汉的明月去了又回
唐宋的晨风接连地吹
西江的河神叫作龙母
在藤州孝通坊的庙里
慈祥千年，从未沉睡

古龙窑烧铸汉陶的韵
中和村盛载宋瓷的美
不变的家园叫作藤州
在山河壮丽的画卷里
旖旎千年，从不放弃

挂榜岭传颂文昌秀气
宁风寺吟唱契嵩真言
袁崇焕高洁如同莲花
冯京偶傥依旧在心田
丝路的帆船远影如烟

啊，藤州、藤州

这一片土地我们永远不曾忘记

千年历史萦回不绝的是千年传奇

啊，藤州、藤州

传奇里有我们千年不变的念想

传奇里有我们始终如一的敬意

献给故乡的诗行

踏波英豪

江河水
英雄泪
浩浩荡荡奔腾五千年
一路高歌向东海
多少传奇多少醉

藤州人
逐浪儿
春夏秋冬击水三千里
波里浪里如平地
多少欢乐多少回

风雨同路

——致敬广大扶贫干部

有一种责任，叫脱贫攻坚，
有一种称谓，叫帮扶干部，
你，扛起责任，
从这村走到那寨，
从这山走到那岭，
帮了这家帮那家，
扶了这户扶那户，
你将村村寨寨走遍，
都只为圆了心中那份守护。

有一种担当，叫责无旁贷，
有一种情怀，叫风雨同路，
你，勇于担当，
帮了修路帮修房，
扶了产业扶健康，
不是亲人胜亲人，

冷暖同心一家亲，
你把两不愁三保障，
都诠释在了行走中的脚步。

啊，帮扶干部，风雨同路，
你肩扛责任义无反顾，
啊，帮扶干部，既帮又扶，
你所有的付出，
都为了乡亲走上致富的路。

平安的坚守

时刻牢记肩负的责任

低眉的温柔

热情的守候

是为了你平安的心扣

一年有三百六十五日

无论哪天

无论哪月

我们始终守护在你的左右

始终践行无悔的誓言

锐利的目光

果断的出手

是为了粉碎罪恶的阴谋

四季有春夏秋冬

无论严寒

无论酷暑

我们始终为你风雨坚守

献给故乡的诗行

美丽藤州，民丰物阜
公安战士，护卫防守
平安藤州，热血铸就
公安战士，铁肩护佑

医者仁心

白鹤山上，杏林吐翠
白衣天使，救死扶伤
关爱生命，我们坚定方向
敬业奉献，我们执着梦想

莲子冲里，莲子含香
白衣天使，白袂飘扬
质量至上，谱写生命华章
优质服务，疗理身心创伤

啊，医者仁心，仁爱之心
女神提灯，医患同心
在这所为生命护航的医院里
我们每一个心愿
都只为你生命里健康的鸽子飞翔

啊，医者仁心，仁爱之心

女神提灯，医患同心
在这所为生命护航的医院里
我们每一个心愿
都只为把你生命里希望的灯光点亮

梦圆同心

和风畅，稻花香，
朵朵白云羽霓裳，
凤舞楼阁花仙子，
峒里峒外满村香。

炊烟扬，米浆香，
石磨汩汩酿琼浆，
小娘山里神仙景，
蓝天白云伴粉香。

同心的山，同心的水，
同心的米粉同心的梦，
同心米粉入梦里，
同心梦圆中国梦。

献给故乡的诗行

大美濛江

天上星汉银河

地上蒙江闪烁

流一江春水万顷碧波

唱着幸福快乐的欢歌

歌唱你也歌唱我

歌唱我们共圆中国梦的快乐

啊，千年蒙江、毓秀蒙江

蒙江是一首流淌着的赞歌

唱不完的都是生活的安和

山水神韵马河

道来龙马泉城

道不尽故园千年传说

那是长空中繁星颗颗

照亮你也照亮我

照亮这水岸的新城灿若星河

啊，千年濛江、大美濛江

濛江是我心中永远的赞歌
唱不完的都是奋斗的收获

献给故乡的诗行

古龙恋歌

山川毓秀，景色婀娜
上里文明灿若星河
八角飘香香飘万里
醉了神州醉了大地
啊，古龙、古龙
你是我心中永远的恋歌
歌声里有我深深的爱恋
歌声里有我深情的诉说

岁月流金，乡风秀丽
古龙窑址蕴藏传奇
历史传说流传千年
美如诗里美如画里
啊，古龙、古龙
你是我梦里不老的传说
梦里梦外是不舍的乡情
梦里梦外是幸福的生活

醉美大黎

石崂岭上鲜花朵朵
沉醉了鸟语花香的欢乐
白云袅袅流水潺潺
田园沃野交替错落
听不完的是天籁之音
道不完的是幸福生活

六练顶上繁星颗颗
播撒着无限深情的凝望
青山绿水民风淳朴
和谐友爱邻里相助
听不完的是天籁之音
道不完的是幸福生活

醉美大黎，这里是天上的仙阁
醉美大黎，这里是山水的圣地
醉美大黎，这里是梦中的家园
醉美大黎，这里是人间的天堂

献给故乡的诗行

青春的力量
——致敬藤县大学生志愿者

牵着故乡的云彩
我们从四面八方走来
心怀感恩
感恩养育我们的至亲至爱
感恩我们这个伟大的时代
感恩生命旅途中所有的精彩

怀着共同的梦想
我们把爱心的旗帜高扬
乐于奉献
奉献我们心系的故土家乡
奉献我们梦里的水远山长
奉献我们成长中所有的力量

学子归来，我们是一群大学生志愿者
情怀藤县，我们是汇聚家乡的一份力量

奉献、友爱、互助、进步
我们怀抱着青春的梦想
把志愿服务的旗帜高高飘扬、高高飘扬

共同的路

脚下的道路，宽敞明亮
身后的村庄，炊烟悠扬
我和你来自龙母的故乡
我和你融入粤海的商场

共赢的平台，坚定方向
交流的桥梁，成就理想
我和你来自龙母的故乡
我和你融入粤海的商场

道路长长
不变的是身后的故乡
信念长长
执着的始终是榜样的力量
学习、进步、分享、共赢
我和你走在共同的路上

师恩难忘

有一种情怀，桃李芬芳
有一种感动，师恩难忘
有一所校园，水榭荷香
有一份收获，意味深长

有一种教诲，铭记志向
有一种理念，文脉飘扬
有一种传承，永无止境
有一种胸怀，博采众长

啊，美丽的藤城中心校
我们的校园歌声嘹亮
我们的心情欢快舒畅
沐浴着阳光雨露
我们健康快乐茁壮成长

献给故乡的诗行

潭津育英贤

镡津城，绣水边
潭津小学育英贤
品学兼优强素质
尊师重教多俊彦
勤奋好学校园美
栋梁成才在明天

三元亭，状元岭
文昌津润熏心田
崇德博学铸理想
弘扬国学诵诗篇
勤奋好学校园美
栋梁成才在明天

桃李芬芳

从未走远父母牵挂的目光
我们是天空飞行的雁行
坚定理想，向着前方
扑飞的翅膀
是青春铸造的诗行

始终牢记师长殷切的嘱托
八中是蓓蕾绽放的花房
孕育成长，心花怒放
温暖的目光
始终温暖我们的心房

啊，藤县八中
我们可爱的学校
你是蓓蕾绽放的花房
你是青春铸造的诗行
啊，藤县八中

我们成长的摇篮
志存高远，追求卓越
敢为人先，永不言败
在这座美丽的校园里
我们一起见证生命里的桃李芬芳

藤县一幼

县一幼，是我家
我在园里戴红花
红艳艳，像脸蛋
一天一个新变化

好老师，像妈妈
老师爱我我爱她
我快乐，我长大
不忘老师不忘她

藤州一中

谷山叠翠，柔柔白沙
和谐共赢，不分你他
我们相聚在校园里
都只为了学习文化
我们追求勤学乐思
把青春的汗水挥洒
都只为了学习本领建设国家

龙母情怀，利泽天下
志存高远，千帆竞发
我们相聚在校园里
都只为了学习文化
我们坚持博学善行
把青春的汗水挥洒
都只为了学习本领建设国家

修身立业德为先

艳阳天，艳阳天
春夏秋冬年复一年
美丽的翰池小学
有我美丽的金色童年

艳阳天，艳阳天
春夏秋冬年复一年
美丽的翰池小学
有我快乐的金色童年

书香熏陶，启迪心智
知识的力量把命运改变
上善若水，春风无言
修身立业，永远以德为先
啊，美丽的翰池小学
有我幸福快乐童年

献给故乡的诗行

埌南一中之歌

静静的山坳掩映绿树红花
埌南一中装点白璧无瑕
明德致远，我们不忘初心
处事为信，我们丁点不假
为实现共产主义理想
遨游知识的海洋
我们把一胸热血挥洒

长长的前路送走春秋冬夏
埌南一中勃发生命芳华
立身以诚，我们始终牢记
质朴守真，我们追求有加
做社会主义事业接班人
遨游知识的海洋
我们把青春岁月写下

埌南中心校之歌

丹山之埌披彩霞
地坡之南发新芽
春华秋实我成长
我的校园我的家

桃李无言施教化
恩深如海像爸妈
他年幼苗长成树
难忘老师难忘他

我的校园我的家
谦学善思数年华
心存仁礼成蹊径
难忘老师难忘他

北京燃气之歌

燃气的管道有多长
对你的情意就有多深
蓝蓝的火焰化成紫藤花开的模样
透过倒映在绣江里的月亮
是你的梦想，也是我的梦想

燃气的火焰有多纯
对你的情意就有多真
生活的烟火里我们就是一家人
创造更加美好的幸福生活
是你的追求，也是我的追求

流逝的时光
消磨去的是一方方的燃气
消磨不了的是我对你的情意
气融万物，惠泽万家
服务社会，造福民生

在古老藤州的万户千家里
我与你是最真诚的一家

献给故乡的诗行

爱的乐章

你的爱，他的爱
在无声中传扬
生命的模样
我们为你仔细端详

你的孩，她的孩
都一样的喜爱
我们的付出
是生命成长的慷慨

啊，爱的乐章
声声不息的传唱
是为了你，也为了你
是为了他，也为她
把生命斑斓的色彩点亮
啊，爱的乐章
无怨无悔的付出

是为了你，也为了你
是为了他，也为了她
把生命旅途的华章歌唱

献给故乡的诗行

春秋的心愿

有一份爱意，源自春秋
至真至诚，是我们不变的守候
祛除病苦，梦寐以求
精益求精，时时刻刻唯恐不够

有一种心愿，亘古长久
为您健康，是我们永远的追求
药到病除，健康拥有
惬意生活，年年月月幸福安乐

岁月长流，天长地久
唯有我们的爱意与你年年共有
健康快乐，春秋永久
唯有我们的心愿与你年年共有
有一份爱意，源自春秋
有一种心愿，亘古长久

贤安之歌

你是我心中的歌谣
鼓乐笙箫
天籁的声音
情深款款
相伴年月暮暮朝朝

你是我生命的歌唱
贤安智造
以品质为贤
满意为安
追求卓越铸就理想

啊，贤安智造
品质为贤
满意为安
啊，贤安智造
鼓乐笙箫

献给故乡的诗行

天籁声音

贤安啊贤安

贤安的力量

是生命里最真诚的歌唱

千年六堡千年茶

千年六堡千年茶
黑石顶上绽翠芽
当年仙姑播茶种
今天茶香满山崖

千年六堡千年茶
茶船古道浪飞花
山欢水笑汇入海
一船歌声一船茶

座座峰峦披绿霞
绵绵茶园如诗画
一杯香茗一生情
茶如琼浆润齿颊
茶香里有我们永远的梦
茶香里有我们永远的家

献给故乡的诗行

第四辑

庆华诞有感

千年代代苦寻求，
国富邦强占鳌头。
屹立东方当巨首，
腾飞环宇作先鸥。
振兴民族为根本，
造福人民是主流。
万众同心圆国梦，
九州腾跃胜神舟。

献给故乡的诗行

举旗奋进众歌讴

一

奋战征程又百年，
强国路上勇争先。
藤州大地春潮涌，
绘就炎黄尧舜天。

二

强国路上勇争先，
高歌奋进永向前。
一日千里新时代，
责任同举你我肩。

三

藤州大地春潮涌，
如火年华把歌咏。
无悔青春酬壮志，
你光荣来我光荣。

四

绘就炎黄尧舜天，
无限风光在眼前。
神州处处同欢乐，
幸福生活万万年。

献给故乡的诗行

缅李振亚将军

将军又名叫李荣，
河边村子共四兄。
右江暴动举义旗，
红旗漫卷百色城。
长征二万五千里，
转战海南贼心惊。
出师未捷身先死，
长使琼崖留英名。

访石云飞将军府有感

翠竹青青微风轻，
江水扬波亦多情。
当年徐州战日寇，
将军视死若新生。
回到家乡兴农桑，
引进工业厂建成。
无奈苍天妒英杰，
一病不起竟先行。

献给故乡的诗行

访新马袁崇焕纪念馆有感

当年烽火似狼烟，
席卷辽东已经年。
难求武将敢应战，
更无文臣不色变。
幸得藤州袁崇焕，
一介书生赴幽燕。
无奈忠心竟遇虎，
万千悲忿后人咽。

国庆中秋双节抒怀

一

祖国华诞逢中秋，
千古岁月话风流。
一年好景君须记，
力争上游在梧州。

二

银汉无声转玉盘，
不觉此岁早过半。
今夜应知春意暖，
来年共尔赏杜鹃。

献给故乡的诗行

三

庚子月圆又一轮，
最是难忘这早春。
百年变局沧桑事，
浩浩东风扫前尘。

赞藤州巨变

藤州蝶变谱新篇，
城乡原野升紫烟。
绿色发展心不改，
踔厉笃行奋扬鞭。
云环文岭家乡秀，
紫藤花开景色妍。
浔江浩浩春潮涌，
祖国处处艳阳天。

雷锋纪念日活动抒怀

春阳正三月，
神州共此时。
街坊欣互助，
邻里手相依。
德为华夏魂，
爱是人间诗。
日月星辰过，
雷锋不过时。

赞全国孝老爱亲模范候选人石秀平

石壁秋风景色新，
秀内惠中一贤人。
平常岁月寻常过，
孝老爱幼情最真。

献给故乡的诗行

赞藤县爱心助学协会徐日新

一

退役军人徐日新，
爱心助学最辛勤。
十七年来崎岖路，
孜孜不倦春过春。

二

无惧泥泞助学路，
初心不改踏征途。
它日幼苗成大树，
多少辛苦也无睹。

七夕怀想

一

乞求智巧弄精灵，
心思遥寄织女星。
上元街中人如潮，
此日乞巧又巡行。

二

长夜茫茫寄相思，
牛郎织女相会时。
鹊桥虽远也相近，
只缘女儿与男儿。

三

七月七日水一杯，
酿成千年相思泪。
君问此情为何物，
正是人间七夕水。

四

一条银河隔东西，
两岸繁星点点齐。
幸得鹊桥来相渡，
牛郎织女会天际。

植树节抒怀

今年又三月，
春风拂山冈。
放眼岭坡上，
人群植树忙。
一年一年种，
山已无草荒。
些许细小苗，
它年定堂皇。

献给故乡的诗行

记与述强、山坡老师六堡行

一

话说为文短与长，
与君共聚酒一觞。
邕江波汇西江水，
六堡茶香似故乡。

二

有朋远自邕州来，
共话诗文与体裁。
水城弟子岂三千，
绘就商埠紫云彩。

六堡茶乡

一

采茶踏青六堡行，
心情仿若流云轻。
昨夜更深连绵雨，
竟吐新芽催天晴。

二

六堡茶园岂此家，
嫩蕊和春吐芳华。
天边一角随风舞，
满山茶来满山花。

献给故乡的诗行

三

黑石岭顶茶常香，
茶船古道细又长。
仙姑当年或有愿，
一箩竹筐到南洋。

四

坐饮香茗爱此山，
风吹浪涌似绿丸。
谦谦君子寻何处，
瓜芦不逊白玉兰。

茶香满藤州

一

绿水青山可换银，
蓝图耸起满山春。
农商互辅龙头带，
茶旅兼融产业臻。

二

丹霞山水尽风光，
万亩茶园两岸妆。
待赏来年生态美，
藤州遍地满茶香。

献给故乡的诗行

且把闲情聊藤州

一

乾坤星移又别秋，
人生如何不白头？
多少往事随风去，
且把闲情聊藤州。

二

人生如何不白头？
莫怨光阴似水流。
多少新闻成旧事，
无悔青春也无忧。

三

多少往事随风去，
总有难忘喜与忧。
无论释怀与委屈，
别将心事藏心头。

四

且把闲情聊藤州，
如诗似画任君游。
若是苏秦重来过，
一年一年看不够。

献给故乡的诗行

藤州古亭纪事

东坡亭

访苏亭前草青青，
东山夜月分外明。
当年坡仙今何在，
且看藤州不了情。

浮金亭

绣水北流绕半城，
真金一锭浮水行。
梓里佳话传千古，
三元及第冯氏京。

四王亭

青山寂寂掩王亭，
是非功过谁辨明。
耕者有田当年梦，
河清海晏今日景。

菊魁亭

八十年前一赛事，
菊花盛开梧州市。
有亭纪事谷山上，
最是柳绿菊黄时。

献给故乡的诗行

咏挂榜岭

一

岭挂皇榜映云霞，
八桂进士第一家。
当年文昌泽梓里，
造就代代镡津娃。

二

夹道山径尽黄花，
繁星点点落万家。
灯火染红江两岸，
车水马龙如图画。

赞塘步巨变

——记南安镇、赤水乡合并十周年

同览家乡塘步中，
诸多丽景胜花红。
防洪堤挡浔江水，
铁路贯通九域宫。
工厂千家村外立，
物资万种屯边供。
农民勤力收成好，
幸福安康乐无穷。

献给故乡的诗行

游蝴蝶谷有感

恬静幽深一峡谷，
庄生晓梦不孤独。
无名野花招人爱，
流泉飞瀑声如鼓。
漂流儿童笑声闹，
游园篝火柴难枯。
最是一年风光好，
此情此景最怀古。

题新庆镇聚富达种养专业合作社

聚宝聚财此山中，
富国富民铭初衷。
达到共同富裕时，
你家也与我家同。

献给故乡的诗行

咏道家村"四知堂"

青砖白瓦房，
掩映旧时光。
红花夹道开，
次第竞绽放。
莲池濯清气，
"四知"不能忘。
慎独须谨记，
无欲人自刚。

咏石表山

丹山石表映云霞，
满目春光是道家。
泗罗江水留遗韵，
北流河滩泛金沙。
滑索飞驰九天外，
玻璃行桥险有加。
峡谷瀑布惹人醉，
生态田园美如画。

献给故乡的诗行

喜赋大黎二首

三坡洲

绿草茵茵一小洲，
漓漓清波逐水流。
如烟往事随风去，
丹心一片万古留。

体育公园

公园建成新风稠，
醉美田园满眼眸。
莺歌燕舞大黎里，
童叟齐叹三坡洲。

题瑶宴油茶

一

瑶池本应天上有，
宴席今设人间来。
油盐酱醋平常事，
茶香酒酣畅快哉。

二

岭挂皇榜美名扬，
而今又闻油茶香。
饮尽一碗添一碗，
与君梓里话短长。

献给故乡的诗行

和张诗人《退居家乡》一首

酒逢知己恰东风，
四书五经入梦中。
莫将桑榆称作晚，
霞光万道正苍红。

附：张诗人《退居家乡》

一壶老酒醉秋风，
半卷残书在手中。
莫道山居无意趣，
开门喜见满江红。

咏城乡清洁工程

清洁城乡正火红，
广西藤县下真功。
家家户户齐心干，
寨寨村村合力攻。
垃圾统收装大桶，
村容尽改灭荒丛。
新风树起民心奋，
城市乡村一样风。

献给故乡的诗行

后　记

《献给故乡的诗行》是一本写故乡的诗集。

这本诗集收录了我自 2015 年以来至今创作的诗歌 120 首，共四辑，大体分为单首、组诗、诗歌歌词和古风四种，其中单首 30 首、组诗 34 首、诗歌歌词 29 首、古风 27 首。

藤县是我的故乡。故乡古称藤州，历史悠久、底蕴深厚，人杰地灵。南朝梁时在永平郡置石州，隋开皇九年（589 年）改石州为藤州，至明洪武三年（1370 年）降州为县始叫藤县至今。由于古藤州处在长江水系沟通珠江水系经北流河、南流江去往南洋的水上丝绸之路的重要节点上，是"西接八番，南连交趾"的一处要冲，因而历史上名人荟萃、雅士云集，龙母温媪、李尧臣、陆蟾、契嵩、冯京、李用谦、李奉政、覃福、袁崇焕、石云飞、李振亚、马援、宋之问、鉴真、李白、苏东坡、苏辙、秦观、刘崧、解缙等就像群星闪耀，光彩照耀着藤州。故乡藤州一直是我心中引以为自豪和骄傲的一片热土，是灵魂栖息的圣地。在完成出版了写故乡的散文集《凤凰栖处是故乡》之后，我便有了一个愿望，出版一本写故乡的诗集，记录我对故乡的热爱和对这片土地最深沉的向往。或许，《献给故乡的诗行》可以看作是《凤凰栖处是故乡》的姐妹篇。

本书在创作和成书过程中得到了很多文朋诗友的大力支持和帮助：藤县文联作家协会的很多文友一起参加了采风活动，大家一起行走藤县的秀山丽水，留下了许多温暖的瞬间；著名作家、广西音乐家协会副主席汤松波先生给予了热情的指导和鼓励；梧州市评论家协会副主席、藤县文联副主席唐冬玲女士，梧州市作家协会常务副主席、藤县文联主席郑彬昌先生为本书诗稿的收集、整理付出了大量艰苦的劳动；著名诗人、广州市作家协会副主席安石榴先生，著名青年评论家、文学博士、福建华侨大学副教授苏文健先生为本书写了精彩的序言；在广东中山市工作的藤县老乡、著名作家、书法家、收藏家吴大勤先生在为我的散文集《凤凰栖处是故乡》题写书名之后又为这本诗集题写了漂亮的书名，并热情洋溢地写下了《乡党蒙土金》一文，在见证了乡友的真性情的同时又为这本书作了一个很好的导读；此外，还得到了藤县籍的作家李燕霞、甘丽云、卢颖莹、黄静、曾春凤，摄影家霍洪意等文朋师友的大力支持和帮助，所有一切的一切，都让我非常感动、无限感激，衷心感谢在文学道路上的这些文友和老师们。

诗为心声，对故乡的热爱、对故土的眷恋是我心灵的向往，但我自知自己的文学悟性和诗歌语感的表达形式有限，提炼生活真谛的艺术手法不多，作品不足之处自然多多，恳请读者们多多批评指正。

深入生活、扎根人民永远是文学创作的源泉，也是诗歌创作的源泉，我愿在古藤州新藤县的这一片热土上汲取到更多的文学养分，采撷出更多的美丽诗行。

最后，对出版社和编辑老师的辛勤付出致以深深的谢意。

作者

2023 年 5 月